U0634631

------ 阅读改变女性 · 女性改变未来 ------

拾起生命里散落的星光，

也能织就一个灿烂宇宙。

comma
full stop

等得起的
好时光

牧童 著

青岛出版社
QINGDAO PUBLISHING HOUSE

图书在版编目（ＣＩＰ）数据

等得起的好时光 / 牧童著. -- 青岛 ： 青岛出版社，
2016.3

ISBN 978-7-5552-3639-9

Ⅰ．①等　　Ⅱ．①牧　　Ⅲ．①散文集－中国－当代
Ⅳ．①I267

中国版本图书馆CIP数据核字(2016)第039221号

书　　　名	等得起的好时光
作　　　者	牧　童
出版发行	青岛出版社
社　　　址	青岛市海尔路182号（266061）
本社网址	http://www.qdpub.com
邮购电话	010-85787680-8015　　13335059110
	0532-85814750（传真）　　0532-68068026
责任编辑	那　耘
选题策划	郑新新
版式设计	苏　涛
印　　　刷	三河市南阳印刷有限公司
出版日期	2016年4月第1版　　2016年4月第1次印刷
开　　　本	32开（880mm×1230mm）
印　　　张	7.5
字　　　数	75千
书　　　号	ISBN 978-7-5552-3639-9
定　　　价	35.00元

编校质量、盗版监督服务电话　4006532017
青岛版图书售后如发现质量问题，请寄回青岛出版社出版印务部调换。
电话：010-85787680-8015　0532-68068638

目录
CONTENTS

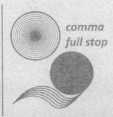

PART I

温 柔 的 顿 号

　　我们是一群赶着迁徙的鱼，那些路上吸引我们稍停片刻的水草，是节奏急促的记忆里，最温柔的顿号。

爱情的发酵时间

有人在与自己的暗恋对象分开很久后，才发现以前对方送自己的书的隐蔽处写着两个人的名字，中间还画着一颗心，但那人已消失于人海中，不辨踪迹

喜欢，就要大声说出来。

这是唐晓琳的爱情哲学。她解释，这个理论有两大关键点：一是要及时，在有感情时就要让对方知道，免得错过时机；二是要清晰，在向对方表示好感时一定要表达得清楚明白，不能露一点藏一点，免得造成误会。

她的这一观点的由来得追溯到初中时期。在男孩子们还在因为身高问题打架时，花季少女们已经有了一个有些隐秘的爱好——看爱情故事。当时的爱情故事有两

大来处：口袋本台湾言情小说和少女杂志。在学校外面的租书店光线昏暗的内间里，整整齐齐码着一排排的口袋小说，这些小说的封面基本都是风格非常统一的手绘美女图，书页被翻得卷翘、泛黄，里面是一些让小姑娘们心酸落泪或脸红心跳的新奇内容。这样的书在租书店一本五毛钱一天，女孩们轮流租书，并尽量用最短时间让它们在最大范围内流传。一起看同一本小说在那时是促进女孩子们友谊发展的渠道之一，但她们很少交流小说内容，因为不好意思交流。

她们乐于交流并敢于不包书皮就放在课桌上看的是少女杂志。这些杂志封面阳光卡通，里面的内容大部分是关于学习生活、亲子关系的，但也有那么一两个栏目会刊登青涩的爱情故事。这些故事相较于口袋本小说来说要委婉得多，但因为更加贴近她们的真实生活而非常容易牵动人心。有时，会有女同学在地摊上发现这些故事的合集，那些封面一片粉色、纸张粗糙的盗版书很得女孩子们的珍惜。

虽然风格不同，但不管是口袋本台言还是少女杂志故事，都有一个共同点，那就是充满了不能宣之于口的爱恋、令人惋惜的错过、曲曲折折的误会。比如有人多年后才明白，当年那人给自己煮的三个汤圆代表着"我爱你"；有人在与自己的暗恋对象分开很久后，才发现以前对方送自己的书的隐蔽处写着两个人的名字，中间还画着一颗心，但那人已消失于人海中，不辨踪迹；有人在与旧日恋人重逢后，才知道当初导致两人分手的事是误会，可惜此时郎已娶，妾已嫁……

这些在姑娘们成熟后看到会大呼狗血、幼稚、穷折腾的桥段在那时的女孩子们心中，是从肚腹升到头皮的酸涩，是滴入心湖的眼泪。

这些女孩子包括唐晓琳。与流过泪就算了的其他人不同的是，她觉得自己从中看到了血的教训，并立誓自己绝不能学故事中的人物，以后遇到了自己喜欢的人要马上大声说出来，杜绝一切错过与误会出现的可能。在她十四五岁的时候，这个誓言被摆在了与"以后要读理科"和"以后要考上名牌大学"一样重要的位置。

在她上大学后，后两个誓言都已实现，前一个誓言也终于得到了实现的机会。

　　大学开学一个月以后，各个学生组织和社团都开始纳新，唐晓琳也积极向学生会递了简历。面试她的学长看起来很严肃，话语和表情都很少。从头到尾，她不记得自己表现了些什么，只记得对方跟她对视的那双眼睛，瞳色很浅，很漂亮。

　　如愿进了学生会跟对方共事后，她才发现这个叫付毅的学长其实很爱说笑，之前的严肃都是故意装出来的。但她对他的关注并没有因此消退，因为这个付毅实在是太厉害了，简直是会学又会玩的代表，才大二就拿了一堆奖学金和各种奖项，电玩和篮球样样拿得出手，还跟她一样对吃颇有心得。如此合她胃口，她觉得自己喜欢上对方完全就是命中注定。

　　虽然"命中注定"时刻的到来不是那么完美——军训时晒成黑炭的皮肤还没恢复，她还没多少机会展示自己出色的那一面，但本着"喜欢，就要大声说出来"的原则，她还是鼓足勇气郑重地约对方到了一家冷饮店，字正腔圆、条理清晰地表白了。

面对她几乎可以称得上是干脆利落的表白，付毅有些惊到了，没怎么犹豫就同意了。

两人开始出双入对。他们兴趣相投，连吃的口味都很相近，遇到好玩的一起玩，有好吃的给对方带一份，相处得默契十足、轻松愉快。

有朋友说："你们就像认识多年的死党。"两人一起"喊"回去："我们是情侣。"

学期末，付毅他们年级有一个往国外著名大学派交流生的计划，付毅成绩优异，老师问到他时，他直接就答应了；唐晓琳他们年级得到了去外地参加一个含金量很高的比赛的名额，她毫不犹豫地交了报名表。

两人碰头时，把事情各自一说，突然都醒悟过来：有问题。

他们想到了那个朋友的话，现在看来，他们确实更像死党，而非情侣。他们能玩到一起，互相关心照顾，但在涉及自己人生的重要事情上，他们并没有征求对方意见的意识。

这段恋情突然变得像过家家。

　　两人各自回去冷静。自我剖析的过程可以省略，正式分手时，唐晓琳失落大过伤心，而这失落大多来自于疑惑：我们不是互相喜欢并且知道我们互相喜欢吗？

　　这问题颜玫也答不出。

　　颜玫就是那个说他们像死党的朋友，她是唐晓琳的室友兼好友。她也认为唐晓琳的爱情理论有道理，不过她生性腼腆，要她照着做很有难度。

　　颜玫有个喜欢了好几年的人，对方是她中学同学，但就读的大学不在这个城市，两人常常联系，偶尔还会互寄明信片和信件，但谁都没有捅破窗户纸。在唐晓琳眼中，这简直就是自我折磨型的反面教材。每当颜玫抱怨不知道对方在做什么、不知道对方会不会喜欢上别的人时，唐晓琳都表示非常不理解，但颜玫也不知道怎么才能解释清楚。

　　她只是隐隐觉得，他们现在谁都没有办法对生活做出些什么保证。她的喜欢说出去，随便哪里来一阵大一点的风，就能将一切吹走，那时，她才是真的失去，还不如现在，总算还握着些什么。

就这样，"战败"的唐晓琳和"不开窍"的颜玫，整个大学四年桃花都没正正经经开过。毕业后，唐晓琳投入工作，颜玫考研去了另一个人所在的学校，各自延续着各自的故事。

好在爱情大神并没有彻底放弃她们，唐晓琳在公司再次被一个人震住了。

那人工作能力出众，好几次在危机时力挽狂澜，被同事们戏称为"救场君"。唐晓琳曾无意中看见他将剩下大半的餐盒放到流浪猫面前，那一刻，她觉得他简直闪闪发光。救场君是半个生活白痴，而且极度挑食，兴趣爱好跟唐晓琳也没有多少重合的地方。发现自己在买衣服时会下意识地想救场君会不会喜欢时，唐晓琳对自己说："这回应该没错吧？"

既然没错那必须遵照最高纲领行事，唐晓琳迅速地展开了追求行动。每天的爱心便当、上班时的端茶递水、下班后的嘘寒问暖……面对她如此热情的明恋，救场君很快败下阵来，成了唐晓琳的男朋友。

与此同时，颜玫在另一个城市得偿所愿。两个研究生磕磕绊绊地谈起了中学生式的纯纯恋爱，虽然已是男女朋友，却时不时陷入你猜我猜大家猜的模式。有一回，两人冷战完毕一起在操场上绕圈，因为之前有过对方像刺猬的比喻，颜玫说："你应该把你的衣服脱掉。"结果，对方理解成真要他脱衣服，红着脸结结巴巴地说："可是，可是我只穿了一件衬衫啊，这里是操场……"

在电话里听完颜玫描述的唐晓琳哈哈大笑，笑完之后还是没忍住表达她的担忧："你们还是敞开了多交流交流吧，要是有更大的误会怎么办啊？"这是唐晓琳最甜蜜的时候吧，甜得哪怕遇到了困难，也有心情在上面淋上蜜汁做成拌菜。

可惜有的困难外表坚硬、面貌丑陋，即使泡在蜜糖里都没法下嘴。

一个周末，天气很好，唐晓琳想着要换季了，就动身去商场，打算给还在家加班的救场君买几身衣服。商场前的广场上人很多，滑轮少年们在喷泉周围的人群中灵活地挤来挤去，唐晓琳小心地侧身让过一个孩子，余光却瞟到几步外有救场君的影子。她诧异地正想叫人，喷泉的水柱"嘭"地腾起，对面的男人迅速揽过一个差点被水柱喷到的长裙女子，然后两个人抱在一起哈哈大笑。水柱又落下，把她未出口的话压进地底，再腾起时已经换了内容。

冰凉的水滴飘到她脸上，她打了个激灵，迅速冷静下来——也许只是误会，是误会就要马上解开。

她大步走过去，希望对方露出惊喜的表情，然后坦然地跟她介绍身边的"朋友"。但几秒后，这些想法都变成了笑话。男人见到她后脸上陡然出现的尴尬、心虚甚至后悔，已经不需要附加任何注解。

但她是鄙视误会的唐晓琳，心里默念着自己的原则，她还是给了对方解释的机会。

也许不给比较好。

男人说："有了你之后，生活确实变得很舒适，你总是能照顾到我生活的方方面面，我以为我是离不开你的，可碰到她之后，我才明白什么是激情。"

她笑着给颜玫打电话："你知道吗，我居然遇到了传说中的渣男。"

几个小时后颜玫又收到了她的短信："也许是我自己错得比较多。我才想起，每当我说'我喜欢你'的时候，他回的从来都只是'我知道'。"

她急匆匆地捧着一颗热烫的心和免费保姆的服务凑上去，对方没理由不收下，说不定还嫌她温度过高，不够熨帖。

唐晓琳在公司是待不下去了，新找的工作正好在颜玫所在的城市，她快速打包好行李，把自己投递了过去。

半年后，颜玫也进了同一家单位实习，两人与公司的前辈晴姐很投缘，女人帮又多了一个。有工作，有朋友，有爱好，唐晓琳的生活不算难熬。

收到颜玫的喜帖时，唐晓琳一边为好友修得正果而感到高兴，一边觉得自己的爱情哲学大厦的最后一点残留彻底坍塌了。

三个女人很没有创意地选了一家平时爱去的叫"寸寸香"的粥底火锅店作为颜玫告别单身聚会的地点。小包厢里，一轮轮的菜从锅里滚过，等三人撑得肚子都圆了，乳白色的锅底里还埋着不少菜。

颜玫重新开了一罐啤酒，瘫坐在椅子上对两位朋友说："其实，我也没想到我们能走到现在，觉得会出现各种可能，但回头看，又觉得是水到渠成。"

晴姐夹了一筷子红豆腐到嘴里，对她语焉不详的绕口令表示不屑。"要我说，你，还有你，"她指指另外两个，"都属于没开窍的。你遇到什么样的人主要靠运气，你选择什么样的人主要靠眼光，你跟什么样的人走到最后就得靠经营了。"

"可我并没有刻意经营啊。"颜玫表示没有领会深意。

"你是没有刻意经营，可是你没有着急，没有在自己心智和能力都还差一截的时候把自己摊开来让人伤害。再加上你运气好，遇到个不错的人，两人一起让感情慢慢升温、慢慢发酵，火候到了自然就成了，就像这火锅和这红豆腐。"她点点火锅，又点点已经被她吃得只剩下红色痕迹的红豆腐碟子。

某个着急又把自己摊开来让人伤害的人赶忙想转移话题："这红豆腐是怎么做成的？"

"先要选择合适的豆腐，把它们切块放在铺好的稻草上，然后放在阴凉的地方让它们发酵，之后把长满白毛的豆腐放酒里浸泡一会儿，再裹上做好的调料。"晴姐并没有被她难倒。

这种叫作"红豆腐"的食物是这家粥底火锅店的特色之一，很像腐乳。但跟外面卖的罐装腐乳相比，吃起来感觉更硬、更紧，没有那么多汁水。外皮裹着的辣椒酱也更有味，非常适合佐餐，让人回味无穷。据说，这家店的红豆腐还是用最原始的方法制作的。

"你居然知道！"唐晓琳继续把话题推远。

但晴姐并不打算轻易放过她："这又不是什么秘密，稍稍留心就知道了。但知道了又怎么样，不同的人来重复这个制作过程，得到的结果都会有差别。选什么样的材料、放到什么地方发酵、发酵多久、配料怎么搭，每个环节的不同都会引出各种结果，就跟感情一样。不过，懂得选材和发酵，结果再怎么偏也不会偏到哪里去，怕就怕只会一个劲儿地使力气。"

虽然被晴姐说了一顿，但唐晓琳觉得这晚吃下去的一大堆东西消化得特别快，快得一直以来堵着的那股气都消散了。

　　她有点不敢面对，可面对了也不是那么难。

　　当她耐下心来让一段新感情散发出发酵后的醇香时，她才明白喜欢不只是一种心情，还是一颗种子。

　　种子有休眠期，也有生长期，它需要在合适的季节才能开出花来。

　　喜欢，当然要大声说出来，只是要在对的时候对着对的人。

让这雨在天地间画个破折号

　　生命的奔流本没有固定路径与节奏，也许某一刻的
滞缓溅出的河水，会浇灌一朵河边的花，使其盛开。有
些转折不是转折，有些困难不是困难，某些时候，若我
们没有被着急的心情遮住眼睛，或许会看见生命在转折
处画出圆润的弧度。

　　大雨滂沱，像有大力神将大海搬了过来，然后在这
片内陆的天空翻转。

　　雨柱砸得人生疼，就差从天上掉下鱼虾和大鲸鱼了。

　　肖军半个身子都探在车窗外，警帽根本不顶事，雨
水顺着帽檐流了他一脸。他熟练地抬手一抹，然后继续
举着喇叭对着过来的车流喊话。

　　"直走！直走！这边过不去了！这边过不去了！"

　　这是一个丁字路口。主道这一边是比较新的商业区，

另一边则是一大片各自相隔不远的老居民小区。将新旧两边隔开的，是一条并不宽阔的河流，而在这一块儿起连接作用的，是一条因为被一座建成不久的小公园和地铁在建工地夹在中间而变得更加狭窄的岔路，以及路上跨河的一座石桥。肖军和他坐着的警车就横在这条叫石堰路的岔路口上。

大雨已经下了近两天一夜，且丝毫没有要停歇的迹象。现在正好是下班高峰期，不远处就是三环路，主道上车流量不小，其中一部分要拐进石堰路去往另一边。但今天他们显然不能如愿了，横在他们回家路上的那条河平时只铺着浅浅一层河水，露出大片乱石，现在却因为暴雨而导致水位暴涨。

下午不到五点，浑浊的河水已经要没过桥面。为免发生意外，作为片警的肖军和同事迅速在桥边拉起黄线，挂上警示牌，以提醒行人绕路。但对于要过来的车辆，却不能只做这种无声的警告，要是司机没注意开进狭窄的石堰路，造成道路堵塞，再想出去就难了。在设好更坚固有效的路障前，肖军只能把警车横在路口，同时用喇叭喊话。

这事儿有点难度，他必须得超越暴雨和车流声的高潮式合奏，即便拿着喇叭，也喊得声音嘶哑。

大部分打算走这条路的车，即便远远看到了警车，也会开到近前，确认发生了什么事。在听清楚肖军在喊什么之后，司机们才会调转方向开走。这让肖军不得不一会儿对着主路喊话，一会儿跟停下来的司机解释。

外面到处都是水，他喉咙里的火苗却越烧越旺。

他不禁想起路边偶尔出现的小商贩、大喇叭、大功放、录音循环播放：老板卷款跑了，老板卷款跑了，只能拿货抵工资，原价两百元一件，现在二十元一件，走过路过不要错过！

声音超级大，让现在的肖军非常羡慕。

他刚有点愣神，一口唾沫还没咽下去，一辆黑色大奔就开了过来，跟警车组成了个四十五度角。

"这边不能走了！绕路！绕路！"

对方没什么反应，过了几秒驾驶位的车窗降了下来，司机正探头往这边看。

估计对方没听到，肖军又拿着喇叭让他绕路。

"为什么啊？"那司机也冲着他喊。

"这边不能走了。"一般这么一说，结合现在的天气状况，司机们都能大致猜到是怎么回事，也就麻溜地调转方向了。现在的肖军，是能少说一句就少说一句，不然晚高峰还没结束，他就已经说不出话来了。

可现在这位显然没猜到。

"为什么不能走了？"

"水面过桥了，危险。"

"为什么水面过桥了就不能走了啊？"

那一瞬间，肖军觉得自己喉咙里的火苗"嗤"的一声膨胀了几十倍，燎过了他的身体，把方圆两米内的雨水都蒸发了一半。

他又抹了一把脸上流成溪流的水，侧了侧身子，第一次认真打量对方。

黑色大奔驾驶位上坐着的是个五大三粗的男人，看起来不超过三十岁，留着板寸头，穿着红 T 恤，粗壮但白皙的脖子上挂着一根同样粗壮的金项链。但整个人不但没什么气势，透过雨帘看过来的询问眼神甚至带着些无辜。

做了一年多的片警，肖军见过的人也算多种多样了，没想到今天又看到了一种新类型。

本着尊重人种多样性的原则，他将喇叭对准对方，精确制导，将回答发射了过去："河水涨得太厉害，过桥时随时可能出现危险，着急就赶紧绕路走。"

"没事儿，过得去。"只听那个男人耐心解释遭遇不知名结界的阻挡。

可能看肖军脸色太难看，意识到自己说得不妥，他又补了一句："我是说，我技术很好，完全可以开过去。"

最烦这种以为自己有九条命的，肖军差点没忍住把喇叭冲他扔过去。但就这么一会儿，因为这辆车卡在这儿，后面好奇的、以为可以过去的都凑了过来，路面出现一定程度的堵塞。肖军赶紧重新举起喇叭，用最大音量提醒大家改道。

其他车慢慢退开，继而开走，但黑色大奔仍旧停在原地等待答案。

　　见肖军重新看向他，司机赶紧说："警察同志，我有急事儿，你就让我过去吧，不会有问题的，再说出了问题也不用你负责啊！"

　　"就你有急事儿啊？有急事儿就可以不要命啊？！"肖军已经被刺激得忘了要节约口水这件事了。这刻天上掉下来的不是可以浇灭火焰的雨水，而是点火的引线。

　　"晚了真的可能不要命啊！我是去接女朋友的，要是晚了还不被她扒皮！"

　　肖军觉得自己被彻底打败了。语言失效，他不再多说，只有一个态度：不准过去！

　　眼看磨不过，大奔司机终于放弃。他将车倒出路口的时候，肖军余光瞥见他嘟起嘴巴，一副受了委屈的样子，湿透的警服瞬间好像又收紧了些，传来一阵让人打哆嗦的凉意。

　　随着这阵凉意，肖军发现本就阴沉的天变得更黑了，路上的车流也变得稀疏了很多。

　　他将头收回警车，想着不知道自己的姐姐乘坐的飞机能不能准点到达。

　　几个小时前，肖琴，也就是肖军的大姐带着儿子到达机场。趁着儿子暑假，她请了年假打算带儿子到上千公里之外的家乡看一看、玩一玩。弟弟一家都在那边，她可以让在外地出生和成长的儿子跟家乡的亲友多熟悉熟悉。

　　机票是早就订好的，没想到因为目的地城市下暴雨，航班延缓。

　　这种情况并不罕有，她只是带着儿子静静等待，无聊了就跟还在上小学低年级的儿子玩一些益智游戏。

　　没想到这一等就等了五个多小时。期间有人受不了了，跟空姐大吵大闹，即便得到了解释和道歉，还是不依不饶，言语过分，甚至动手推搡。肖琴本来也感到烦躁，看到这种情况就冷静下来了，心里面对这些人非常不满——竟然让小孩子看到这么难看的场面！

　　她赶紧将好奇张望的儿子拉回座位，跟他解释为什么出现这种情况，以及正确的做法应该是什么，也不知道他理解了多少。光是那些污言秽语，她就想带儿子去洗耳朵了。

飞机最终起飞时，他们已经吃过了晚餐，儿子已经在她怀里睡着了。很多人没有等到最后，机舱里显得有些空。

可当他们到达终点时，又被告知不能进城。这回没有谁对机场工作人员产生怨气——暴雨引发泥石流，进城高速被阻，上百人被困在隧道里等待救援。

肖琴一面感到无奈和疲惫，一面又觉得庆幸。要是飞机没有晚点那么久，他们提前到达，可能现在就被困在隧道里。这对大人而言已经是非常糟糕的经历了，对小孩的影响就更大了。

还好等了那么久。

这时天已经完全黑了下来，机场里滞留的旅客不少，好在附近的宾馆还有空房间。她在电话里跟弟妹一起唏嘘一阵，回头看到在床上安睡的儿子，忍不住祈祷，希望他能躲开所有的灾祸。

哪怕走得慢一点都没关系。

　　肖军到家门口时已经是晚上九点了。他掏出钥匙打开门，一股与屋外的冷雨截然不同的热气扑面而来。屋里非常热闹，客厅中央架着一张麻将桌，那些打得正兴奋的面孔里，除了邻居，就是他的妻子。

　　他有气无力地跟大家打了招呼，妻子只是抬头冲着他笑了一下就继续看牌。

　　虽然在警局已经换过一套干净衣服，但毕竟没洗澡，身上难受得很，头发也还没干，他又累、又饿、又渴，只想赶快找点吃的、喝的，然后洗澡、睡觉，但厨房里除了水之外，连碗剩饭都没有。

　　他有点想发火，刚一张嘴嗓子就火烧火燎地疼。疼痛让他一下子反应过来，不明白自己今天火气怎么那么大——妻子又不知道自己今天做了些什么，也不知道自己吃没吃过晚饭，发什么火？

　　寻食不成只能洗洗睡了，他走进房间拿换洗的衣服，却发现窗边的桌子上摆着两个冬天才用的电热水袋，上面分别放着一盒粥和一袋他喜欢吃的手抓饼。一摸，还都是温热的。

他一手抓着睡衣，一手摸着食物袋子，忍不住笑了。

这时，妻子推门进来，门外传来麻将洗牌的声音。"看到了？吃过东西再洗澡吧。今天我们这片儿停气了，我就没做饭，去外面买了点。对了，大姐他们已经安全到了，只是进城的路因为泥石流断了，他们今晚先住机场那边的宾馆，明天再看交通状况。"

他含着一口粥点头，觉得今天被大雨冲走的好心情都回来了！

差不多一周后的一天，肖军刚从警局出来不久，身后突然响起了密集的喇叭声，他转身一看，一辆眼熟的黑色大奔蹭了过来。

车窗降下，驾驶位上的人依然是板寸头、金项链，只不过T恤换成了绿色的。他热情地探出身子来往肖军手里递烟，语调欢快地说："警察同志，还记得我吧？我跟你说，那天真是多谢你，要不然我可能就惨了。"

"不是说要被女朋友扒皮？"肖军其实是想刺这个傻大胆一下。

　　"没有，没有，我女朋友还后怕来着。那天，她在等我的时候刷微博，看到有人拍的这儿的桥被河水冲毁的照片，还好我听你的绕路了。"对方说话口气依然强大，说完还用手在胸口上拍了几下表示后怕。

　　虽然身上的鸡皮疙瘩有集体起立的趋势，但肖军这一刻突然深刻地觉得，在人种多样性的背后，是巨大的统一性。

　　我们可能看到前方的路面是坚硬还是柔软，但永远猜不准下一步落下之前会不会有风从脚底穿过，有蚂蚁从缝隙中钻出，有树叶飘落。生命的奔流本没有固定路径与节奏，也许某一刻的滞缓溅出的河水，会浇灌一朵河边的花盛开。有些转折不是转折，有些困难不是困难。某些时候，若我们没有被着急的心情遮住眼睛，或许会看见生命在转折处画出圆润的弧度。

　　这城市被夏日一贯的热辣重新占领，昨日的暴雨消失了踪迹，但很多人的故事已经有了点小小的不一样。

藏着笑容催化剂的面包香

谁的生活没有低谷？不同的人、不同的韧性支持着长短不同的坚持，风雨彩虹在某个瞬间照亮天空。原来，低谷只是因为自己忘了抬头，没有看见更远的地方。

这是她来到这个城市的第 1152 天，今天她在追的人没有回她短信，今晚她又加班很久，手头的工作遇到了不小的困难，雨一直在下，而且她很饿。

以上这些放在平时完全不值一提，此刻她却在它们的集体攻势下败下阵来。她突然觉得很丧气，力量流尽了似的停了下来，任凭雨丝飘到单薄的工装上。她现在应该马上穿过地下通道去乘地铁，抓紧时间回家吃饭、洗澡、睡觉，好积蓄精力应对明天同样繁重的工作。但灯火通明的地铁站口却像一张隐藏危险的大口，只等着吞噬下一份新鲜的意志。深深的灰心和莫名的恐惧将她的双脚紧缚在地面上，强迫她的世界按下了暂停键。

她左后方是一间小小的面包店，若有似无的面包香随着欢快的音乐一起从半开的窗口飘过来，她的视线不由自主地被勾了过去。店里一个中年男人一边做清理工作，一边和着音乐扭来扭去。在面包店暖黄色的灯光下，他明明只露出背影，却让人看到了一个大大的笑脸。这场景在站在清冷雨夜街头的人看来，是那么随和，那么让人嫉妒。

许是感觉到了她的视线，男人转过身来的时候跟她对上了。他愣了一下，看她没有要动的意思，出于某种同情或者好奇就朝她招了招手。这感觉就像看到一个问题时答案自己走了过来，她没有拒绝，走到面包店门口。

"姑娘是要买面包吗？那还得再等等。"男人把窗口完全拉开，探出头来问她。

她不知道该怎么回答，只好尴尬地点了点头。

"那进来等吧，这里屋檐窄，我看你衣服都湿一半了。"

她犹豫了一下，还是进去了。

店里面积不大，摆完面包机和柜台就没剩多少地儿了。中年男人从柜台底下抽出张小凳子让她坐，然后调小了音乐继续清理用过的盘子、夹子。

在温暖的店里坐下后，她才感觉到冷，禁不住打了个寒战。

"叔叔这时候还没关门？以前这时候你家店都没灯了。"出于本能，她没话找话。这家店因为在地铁站旁，招牌面包和几样特色糕点味道又都不赖，因此生意一直不错，常常早早卖光关门。

"负责这个店的人请假了，今天我就自己来，动作慢了很多。正好借这个机会给家里人烤点面包，跟他们证明我宝刀未老。"他笑着说。

这显然是个性格乐观、生活愉快的人。

灯光落进她的眼里都变成了羡慕，又溢出来变成了好奇。温和的中年男人，带着面包的香气和家庭的暖意，突然间她就有了种抑制不住的羡慕：人到中年，有圆满的家，有能够满足家庭开支并且让自己欢喜的事业，多么完整的小幸福！可惜，落在自己眼里的幸福，是别人的。

"有家自己的店真好，我一直想有家自己的书店。"带着轻轻的期望，无意识地说出了这么一句话，像是说给对方，又像是说给自己。

"书店很好啊，有机会就去开一家。"对方用很轻松的语气回应她。

"可我现在没钱，也没时间，得去给别人打工养活自己！"她的思绪猛地被拽回了现实中，不自觉地提高了声音，但很快又意识到这点，刻意地把声调降了下来，"开书店也就只能想想了……"

她一直是一个有冲劲的人，有了工作机会就认真做，有了喜欢的人就主动追，作为一个各方面条件都不是很好的人，她算是尽了全力，但难免有些积累久了的压力吞不下。因此，在自制力下降的时候听到别人轻描淡写地讲她求而不得的东西，怨气就有点过头，忍不住就对一个陌生人抱怨起来。

面包店老板听出了她语气里的认真，放下抹布转过身来正对着她，脸上的笑意却没有完全收起来："想想哪能行啊，想得长久一点嘛！"老板的神情变得非常认真："有愿望，就要努力实现啊！我当初因为喜欢吃面包，就一直想开一家面包店，可家里觉得这很没出息，不同意。我就跑去工作，拼命干，使劲攒钱，然后跑去学做面包，再开店。这里已经是我的第四家店了，别看不大，收入还是可以的，而且我想吃就吃，想做就做。"他的语气依然轻描淡写，好像整个过程都很简单，唯一明显的是店里越来越浓郁的面包香。

她忽然很想偷偷深深呼一口气，在心被莫名松绑后。是啊，扔掉多余的情绪，它们变不成面包，自己愿望中的那块面包也只是暂时拿不到，只要自己一直努力前行，谁能说就一定拿不到呢？

没等她那口气呼出来，大型面包机的提示音响了，店老板迅速走过去，戴上手套，将一大盘面包捧出来。胖嘟嘟的面包让她想起自己还饿着，而老板已经装了几个递过来。她要掏钱，却被以"这盘是做给家人朋友吃的，以后多来照顾生意"为由拒绝了。

捧着热乎乎的面包，她是真的暖和起来了，整个人都往外泛着笑意。于是，她也不管什么淑女风范了，跟老板道谢并告别后，边走就边啃起面包来。

刚走到门边，包里的手机突然响了。拿出来，是来自她心心念念的那个人的短信："艾玛，今天太倒霉了，在厕所看你的短信，结果手机贡献给厕神了，然后又被老板抓着一直干活，刚刚才把家里的旧手机翻出来。你休息了吗？"

她没忍住，"噗"的一声笑出来，差点喷了面前的门一口面包渣。

"这样才对嘛，之前看你站在那里一副想不开的样子，年轻人就是要多笑。"店老板在她身后说。

她站在那里笑了好一会儿，末了也没把"谢谢"说出口，只说"面包很好吃，以后会经常来买"。

是的，她一定会经常来买这样的面包，这可不是哪里都能买到的面包，里面可藏着满满的努力和向前的勇气呢！

【时针舞步】

侧耳倾听，爱的暂停

虽然不会有一只神奇的猫带我们去开启一段神奇的旅程，但我们仍可以停下来，侧耳倾听。也许，风里真的有那么一条蜿蜒向上的小路，梦想哼着歌，愉快的脚步声正踢踏作响。

活泼简单的少女，温和干净的少年，一只神秘出没的猫，山顶让人惊奇的店，眼神忧郁的猫男爵，怀抱故事的老爷爷，图书卡，撕碎的诗，未完成的小提琴，山顶悠悠的风，还有那首多次响起的《CountryRoad》……

这是宫崎骏的电影《侧耳倾听》。

这是滴滴清晨七点的天空之蓝的青春梦境。

有人说这是一个纯净的爱情故事，有人说这是励志的劝导，有人说这是关于成长的回忆。我无法总结，甚至找不到一个接近的词，看的整个过程就像片中滴滴站在山上，看着脚下的城市，近而遥远。一切都像是自己经历过和正在经历的，又隔着一层疏远的梦幻。正在老去的生命穿着少时的裙，微笑着让你——

侧，耳，倾，听。

只一步，就踏进风里。

风里有怎样的故事呢？一个叫月岛滴滴的女孩遇到一个叫天泽圣司的男孩，并最终互相了解互相喜爱。有着作家梦、整天泡图书馆的滴滴，遇到了同样有理想的圣司，并在圣司的感染、老爷爷的支持与启发下进行了勇敢的尝试，认清自己的实力后决心升上高中继续努力。喜欢滴滴、常去图书馆借很多书让自己的名字出现在借书卡上的圣司，通过努力终于争取到了去意大利学习小提琴制作的机会，顺便还把自己喜欢的人追到手。双方都对，又都不对。

是一个有梦想的人遇到了另一个有梦想的人，且恰在少年时。

是一个关于爱与成长的停顿。

或许日本人真的都早熟，或许宫崎骏只是借少年之口说成人的话。那些关于梦想的彷徨与坚持，关于出路的追求与犹豫，关于友情与爱情的烦恼，恰恰是我们曾经或现在所想、所经历的。

　　"滴滴，我真羡慕你，我还不知道自己想要什么。"是不是也曾羡慕别人比自己目标明确？

　　"像我这种水平的人有太多太多。"是否曾因此否定自己选择的路？

　　"不如传闻中那么好，不过我还是要坚持。"是否曾有这样的坚持？

　　"说谎。请您说实话。"是否曾没有信心，总是急于否定自己？

　　"我不要成为包袱，我也要努力。"是否曾豪气地勉励自己？

　　是否上面的"曾"都可以删掉？

　　是的，我们也都有梦想，我们也都有彷徨时，我们中的大部分人也都有在稚嫩得无力把握自己与未来时迎来爱情萌芽的经历。面对这些，宫崎骏故事里的少女滴滴和少男圣司是怎么做的呢？

他们选择了暂停。

滴滴停止了盲目的前进，停下来，给自己一个试验，按照测出的方向走，做出新的努力；圣司去了意大利，学习他最爱的小提琴制作，追求始终清晰的目标。他们共同选择各自努力，并一起遥遥守护一段刚起步的爱情，一个将被暂时封存的承诺。

他们没有放弃自我，也并非背弃爱情。在他们分开的日子里，他们会成为更好的自己。在爱暂停的时间里，他们会积蓄承担爱、延续爱的力量。

我们知道，在最后，少男和少女会带着成长的力量和绽放的理想重逢。那时，爱不再是风里隐隐约约的歌声，而是可以宣之于口、承接于后的现实美景。

时光的缓慢发酵成就了仓促追求所无法带来的皆大欢喜。

当然，现实中的我们所面对的一切不可能像故事中的滴滴和圣司所经历的那样简单，有太多的事会让我们犹豫动摇、自我怀疑，有太多意外可能让一秒钟的停顿造成永远的错失。

　　但谁又知道那些"错失"了的是否真属于自己？在我们无力时，又能保护些什么？实现些什么？

　　不如借时光之力，以一时的停顿换坚实的永恒。

　　电影的最后，了却一桩心事的滴滴在天还未亮时醒来，拉开窗帘却意外发现了楼下的圣司。刚从意大利回来的少年跨坐在单车上，抬起头，笑得一脸柔和。滴滴飞奔下楼，穿上圣司递来的外套，坐上单车后座，任少年载着她飞驰。圣司带滴滴来到他的秘密之地，朝阳乘着晨风破空而出。朝霞里，满身幸福色彩的少年向少女求婚，虽然他还要去意大利学习十年。少女干脆地答应了……

　　虽然不会有一只神奇的猫带我们去开启一段神奇的旅程，但我们仍可以停下来，侧耳倾听。也许，风里真的有那么一条蜿蜒向上的小路，梦想哼着歌，愉快的脚步声正踢踏作响。

把脚步暂借给另一个自己

不要忘了向每一个不一样的清晨问安，看月亮与星辰的明暗变幻，用更多的耐心和细心，品尝每一秒钟的味道。然后，像聂努达说的那样，"把路推向更远。"

造物主大概是个文艺青年，展现给我们看的世界是一幅山水画，远处是山河模糊的轮廓，近处是路边树上未熟的青果；另有大片留白，似乎蕴藏无数神秘，却道"不可说，不可说"。

处在这画中的人太矮，能看到的总是太少。如果一直留在原地，那时每天讲述的都是一样的故事，无论增加多少动作和表情，这部剧也没法更换更多背景、没法增加叙事线索、没法让更多角色来陪你演，只能走向无聊和单薄。即便你的生活你是主演，你也会失去继续下去的热情，更无法让内心深处的自己来充满乐趣地回味。

既然脚步闲置，何不把它们借给另一个自己，去演绎另一幕剧？

首先，你要换布景。你可以去纽约看高楼林立，可以去阿拉斯加俯视荒漠，可以去日本的樱花道下漫步，可以去非洲的大草原上模仿一棵猴面包树……荷兰色彩斑斓的花田可以成全你想要的梦幻场景，威尼斯的水城可以让你获得倒置的天空，也许南极一尘不染的冰川和叼着石子儿走来走去的企鹅也能留住你。

然后，你要改剧本。去某家米其林餐厅或某个街角小店享受美食只能作为某个剧本上的某个小节，认识一些新的人、了解一段历史、体味某种风情、感受某种文化才应该是故事的主体。若你想在这故事中加入一段带着异地空气味道的爱情也未尝不可。你可以扮演林中的猎人、高山上的朝圣者、大河边的吟游诗人、异地的鸟鸣和落雨，将让你的故事更加生动。

　　最后，你还得换道具。旅游纪念品在能力之内想带多少带多少，因为它们可以连接不同的地域，打通不同的剧本。至于心情、感受等隐形道具更是要及时更换，做一个不一样的主角，留下不一样的笑容和眼神。

　　不要忘了向每一个不一样的清晨问安，看月亮与星辰的明暗变幻，用更多的耐心和细心品尝每一秒钟的味道。然后，像聂努达所说的那样，"把路推向更远。"

　　除此之外，当然不要奢望旅行会让你完全变样，现实主义类的剧本可没法通过旅行魔法变成魔幻主义类剧本。旅行不是万能良药，无法治愈孤独，也不能让人生困境彻底消失。旅行只是我们向时间申请的考虑、休息时间，原本的生命难有场外援助。同时，旅行也难以真正创造什么，大海或岩石本就在那里，不要用"创造"的心行破坏之事。更多地认识世界已是幸事，把沧海桑田的魔力留给时间吧！

　　尽管如此，旅行能带给我们的已经够多。

　　在路上，我们把脚印印到世界上的其他地方，把心情放入万花筒，看到各种精彩。某一刻，可能连地心引

力都会消失，星空奔到眼前，火焰在水中燃烧，战栗划
过皮肤，自由从脚底升起，而快乐已被时间点滴采集，
混入氧气，供我们在日后呼吸。

comma
full stop

PART II

转 身 的 引 号

有太多过去随着我们一起前行，不曾遗忘，它们名为青涩、幼稚、艰难。但当我们有一天被成长推着转身看去时，才发现它们都被时光打上了引号，那多了的含义，叫珍贵，叫不后悔。

时间会记得

当我们为了远方的星光奋力前行时，不用有人在旁边鼓掌，也无需担心一切落空。时间都记得。

王超是个挺硬的人。这里的"硬"既指性格方面，又指行事作风方面——她对于自己认定的观点很坚持，对于自己认定的事会使出浑身力气去完成，很少转弯，也很少在意别人的看法。可想而知，她并不讨很多人喜欢，但又让人隐隐佩服。所以，在听到她失业又失恋的消息后，大家心里冒出的都是"果然如此""她终于踢到铁板"之类的句子，伴随着某种混合了放松和失落的复杂情绪。

对的，王超是个姑娘。

　　带她来到这个世界的家庭并不富裕，作为农民的爸爸妈妈希望能有个可以给这个家带来正面改变的儿子，于是早早就准备了"王超"这个名字。可惜，她的出生让爸爸妈妈的期望落空了，没有人有心情给她另想一个名字，于是她就顶着个很硬气的名字开始了她硬气的成长历程。

　　也许，她也度过了一段无忧无虑的童年时光，但应该没什么人记得了。她成为村里人的谈资是因为她对上学这事儿的执着。农村里的孩子哪个不喜欢漫山遍野地跑，文静的小丫头们愿意被拘在学校也是因为听话，遇到放假就乐疯了，只有她是真的喜欢学习到让人觉得不正常。"王家的大姑娘可喜欢看书啦，她妈不让她看她就号，也不掉眼泪，就扯着嗓子干号，直号到她妈没办法。"村口的大娘这么跟来家里的亲戚说。

　　那时，她妈妈已经如愿以偿地生了个宝贝儿子，虽然也没有对她这个女儿不好，但仔细的人还是能看出两个孩子所享受的待遇的差别。她妈妈并不能理解也不怎么赞成一个女孩子一心扑进书本里的行为，在她看来，女孩子只要认得常用字、会算数就行，更多的时间应该用来学做饭和做农活，以便长大后能被好人家看上，顺利嫁人。

不管王超是天生喜欢读书，还是敏锐的她早早感觉到了读书是改变自己命运的途径，总之，从小学到高中毕业这段时间，她始终没有放弃争取继续上学的权利，也没有放松努力学习的劲头。她用的方法并不高明，甚至是简单粗暴的：一旦被安排了家务或农活，就马上动手做，尽量用最短的时间做完事情，然后抓紧时间看书；而一旦妈妈劝她不要继续读书，她就哭闹，直到她妈妈放弃。

在她去外地上学前，邻居们一听到她号啕的声音，就知道她妈妈又不想让她去上学了，同时也知道这回胜利的还是她。就这样直到十八岁，她已经长成了一个做事雷厉风行、极有主见，有时又让人哭笑不得的大姑娘。

高考那年，因考题泄露，临时换用备用卷，很难，很多考生一出考场就哭了。邻居小姑娘去向她请教数学题，一进她房间发现她还在看高中课本，而旁边一个敞开的陈旧又笨重的大木箱里整整齐齐摞着她妈妈说要拿去卖掉的历年课本。她说感觉自己考得不理想，早点复习准备复读，免得知识都生疏了。那冷静的态度，跟在她妈妈面前干号时的样子判若两人。

结果，她当然没去复读，而是以高出重点本科线不少的分数被一所重点大学录取。全家唯一感到矛盾异常的就是她妈妈。她一方面因为走出家门大家都跟她道恭喜而高兴，一方面又不想让女儿去上大学——大学花费更大，家里刚修了二层小洋楼，钱紧，小儿子过几年也要上大学，现在能省一点是一点。她爸爸表示听她妈妈的。

那是她最后一次在家里大哭，又强硬，又无助。

最后是爷爷发了话，压下她妈妈的意见，同意她去上大学，并亲自出面从亲戚手中借来六千块钱。

这位爷爷一直是个存在感很低的人，早年当过兵，伤了腿后退伍。他大部分的日常生活就是抱着茶杯、拖着瘸腿在村子里绕圈子，偶尔跟闲下来的村里人或孩子们回忆当年，不怎么管家里的事，极少发表意见。你没法从他的故事里听到很多战争的苦难，反倒会听到不少奇人异事。其中，最离奇的一段是关于"龙"的相关事情。

在爷爷的讲述里，他是一个后勤兵，一天晚上跟战友开车送物资，经过一座桥时突然发现有异——外面并没有下雨，但水位以肉眼可见的速度迅速上涨，河水漫过桥面，直至没过卡车轮胎。他们吃惊地转过头望向河面，却被吓得无法将目光从那里移开：远方的河面上浮着一团巨大的阴影，阴影中上的位置挂着两个大红灯笼，各有一条中间宽两端细的黑线立在灯笼中间——那是什么东西的眼睛。

爷爷坚持他所看到的是"龙"，并在讲述的最后补上一句："不知道长了多少年才长成那样，平时没人看见，一出来就吓人一大跳。"

也不知道他帮王超是因为心疼自己孙女，还是因为被吵得受不了了。

总之，跟某种看不见的力量斗争那么久，王超算是取得了阶段性胜利。

接下来的事情看起来是那么顺理成章：她在奖学金和打工收入的帮助下读完了本科，并凭借优异成绩保送研究生，毕业后进入一家大公司，又因为胆大心细和高效率快速升职，还交了一个学历高、能力强的精英男朋友。在这个过程中，她的去路问题和生活节奏越来越不容易受到他人的影响，而她逐渐成了家里包括经济等方面的重要支柱。

舒婷在诗里写："我如果爱你……我必须是你近旁的一株木棉，作为树的形象和你站在一起。"她并没有因为爱上一株橡树而变成一株木棉，而是因为爱自己而成为了一株橡树，有自己的铜枝铁干，"像刀，像剑，也像戟。"

可世事总是喜欢转弯，习惯了坚硬的她却不会开出柔软的花朵贴合命运纠缠的曲线。

下属小职员没有伺候好一位据说来历颇大的"公主"，她出面调停，却不知哪里碍了对方的眼。作为使"公主"息怒的条件，不愿得罪大人物却可以处置小人物的公司领导拿出最大的关怀——让她自动请辞。

她还没来得及从"努力争取来的，如此容易失去"的打击中回过神来，精英男友又对她说："你的个性太强硬了，给我很大压力，我想我真正需要的是温柔的会依赖我的人，我们还是不合适。"

如果命运会发声，这一刻它一定正嚼着爆米花拍手叫好：多么精彩的矛盾转折！

这时候她是否沉默不语都不重要了，人们已经盖棺论定，搬出一连串的"果然如此"。

连她自己那根深入地底又石化的神经都颤了颤，带起一股回环往复的酸涩感，让人四肢无力。

是她错了吗？

她拼命前行，恨不得把柔软的发丝都变成割开前路障碍的武器，本以为已经紧紧攥在自己手上的，结果顷刻就消散。

努力并无意义吗？

她又成了那个可以被人左右的小姑娘，仿佛回到了原点。只是现在没有人会对她心软，哪怕她哭闹撒泼，何况她根本就哭不出来。

她固执地觉得答案不会是"是"，而答案也终究没有辜负她。

　　半个月后，一位来自一家著名上市公司的主管找到她，郑重邀请她跟自己共事。"我们公司的一个合作方，也是我的一个朋友，曾跟你的前东家有业务往来，其中一个项目的负责人之一是你。对方盛赞你的才华和处事风格，让我们觉得要是不邀请你来公司真是一种损失。"

　　三年后，她被调到离自己家比较近的省会城市做片区负责人，跟她一起过去的，是与她相恋两年的人。那人向她表明心意时说："你是个有意识也有能力对自己和别人负责的人，我和你一样对生活有野心，我觉得我们在一起的日子只会越过越好。"而现在，一个对她而言是个陌生城市的人对她说："你为我们的生活努力的时候最温柔，简直闪闪发光，我已经离不开这种温柔。何况我又不弱，还有一身本事和经验，就算到了新城市也能做出一番事业来，还能跟你一起安个家，这是好事。"

　　在王超的家乡，有一个比她爷爷的独家故事更广为人知的关于"龙"的传说。每到打雷天，就会有老人家跟小孩子说，那是又有大蛇在历劫了。这些大蛇是一心想化龙的修炼者、不成功的修炼者，它们忍受不了修炼的长久岁月，于是想走捷径，让身体变得巨大，早早现身于世。它们爬过的地面会一截一截地塌陷。可这种行为并不受天理所容，每当它们出现，天雷就会降下，它们中的绝大部分都会因此殒命。而走正途的修炼者在正式化龙前都小如蚯蚓，等到修炼到家，它们就会在大雨天随水流进入大河，继而游向大海。当它们的身体接触到海水的那一瞬间，它们就会变得巨大，成龙而去。

如果龙真的存在，它必然经历了艰难而长久的成长岁月。在这段漫漫如长河的光阴里，无人知晓它的努力。若有人见到了还是蚯蚓的它，也必然认为它弱得一脚就可踩死。可当它化而为龙的那一天，万千坚硬的鳞片昭示它的强大，一对闪光的角宣告它的威严，连山河都不能小觑它，人们不敢直视它的眼睛，留下的只有崇拜和敬畏。

就如某些人。

人们的记忆很短暂，不会长久地记得我们过去的作为。大地的收藏作用也有限，风雨终会抹去我们身后的脚印。只有时间，会记得我们出生后的每一滴眼泪，记得我们划过空气的汗水的温度，以及我们紧攥的拳头的形状。我们的一切努力都不会真的消失，我们过去的所为可能成为今后某事的因缘。

当我们为了远方的星光奋力前行时，不用有人在旁边鼓掌，也无需担心一切落空。

时间都记得。

等待才是最大的勇敢

其实，他是怕过的，他设想过各种情况，然后又坚定地继续等下去。这几乎耗尽了他所有的勇气，比他少年时抢着板砖跟人对拍时多许多倍的勇气。他不说，但他想她都知道。

张阿姨刚说出"等等，有点事跟你说"，李国伟就"嗖"的一声跳出了门，撒开长腿跑了。

这简直是笑话！如果再不跑，张阿姨就要"变身"了。

他不明白这些平时和蔼可亲的长辈怎么一提到给人介绍对象就像变了一个人一样，那眼神和语气他简直太熟悉了，此时以最快的速度逃跑已经成了他的条件反射。

若他没有对象也就罢了，可他有对象，只是她现在不在这里。

　　穿过古色古香的街道和不太多的游人，李国伟回到客栈，在店员的招呼声中上了楼。他是这家在这个古镇上小有名气的客栈的老板。古镇坐落在离市区两个半小时车程的地方，其实也并没有很古老，但架不住当地旅游业如火如荼的发展，镇上的仿古建筑越来越多，吃喝玩乐住相关的店铺也形成了规模。每到节假日，很多压力不小的城里人都会到这里来放松放松，一些游览了附近的著名景点还有余闲的外地游客也愿意附带过来体验一下。两相促进，古镇也便真成了"古镇"了。曾有报道批评如今的古镇太过商业化，失去了原汁原味，但谁还在乎呢？这几年，这种商业化让很多本地人以及一部分过来淘金的外地人都得到了实惠，李国伟就是受益的外地人之一。

　　李国伟这家叫"住得起"的客栈即便在古镇上也显得与众不同。它的一大特色是既不像刻意设计过也不显得简陋的室内环境，如果硬要找个词来形容，可能"粗疏"还贴切点。客栈里各处都很干净，但大厅里的四方桌和长条凳都像是用过很多年的；厨房里盛菜的瓷碗并不成套，摆在桌上高高低低，颜色各异；楼道和房间的墙上不规则地挂着一些倒扣的竹编簸箕或茅草垫。一切都带着旧日味道，但又并不陈腐，像普通农家的生活，每一件旧物都得到珍惜，但并不会被锁在柜子里，而是日日使用，时时晾晒。

如果仅仅是这样，这家客栈还不至于得到那么多的喜欢，客栈真正的名片是三大活物：老板、猫和狗。

李国伟不太像是一个做服务业的人，他对客人不怎么热情，但客人的要求只要合理他都会配合。客栈里的水果、饮料等都可以自取，付不付钱全靠自觉；院子里有麻将桌和躺椅，麻将和扑克牌就放在回廊下的柜子里；厨房可以自由使用，使用之后随便给点调料钱……总之，自由度很高。

曾有男住客说，到古镇来玩就像角色扮演，本是来放松的，结果一进那些看起来很文艺的店就不自觉跟大家一起饰演进了桃花源的文艺青年，直到进了"住得起"才把那层绷紧的皮卸了下来，还原成一个出来玩的闲人。

客栈柜台旁的墙上贴着一张《入住须知》：

1. 叫老板陪打牌不要钱。

2. 叫老板接人 5 角 / 位。

3. 叫老板帮忙买吃的 10 元 / 次。

4. 叫老板做饭 25 元 / 位。

……

10. 老板在跟女朋友打电话或陪女朋友时以上条款均作废。

《须知》最后的空白处有人用有些潦草的字迹补了一条：

11. 不要摸黄狗的耳朵，否则后果自负。

"住得起"里养着一只猫和一只狗，还注册了一个微博账号。有一天，这个账号发了一个视频，视频里是一只黑猫和一只白狗。只见黑猫趴在白狗的后脖子上，由白狗驮着它走。即便这样它还不老实，探出肉爪在白狗脑袋上一顿乱揉，间或戳戳对方耳朵。白狗停了下来，转过头在猫头上蹭蹭。它露出来的另一只耳朵残缺了一半，不知是不是在流浪时跟其他狗打架造成的。视频引来了一长溜留言和转发 [A1]，大家叫着"把心都萌化了"的同时也注意到了这家客栈。

其后，这个账号又陆陆续续发了一些猫和狗互动的图片和视频，还真有人为了看"黑白配"而来光顾客栈。

在一位客人传上网的一段视频里，一个人的手抚摸着小白的头，狗狗温顺地待在原地，没有反抗。不远处的地上蹲着小黑，尾巴缓慢地甩来甩去，冷冷地看着。可当那人的手触摸小白那只残缺的耳朵时，小黑瞬间把身体绷成一条直线射了过来，以迅雷不及掩耳之势在那只手上挠了一爪子。

这是第十一条"须知"的由来，也是温柔的小白和傲娇护短的小黑拥有更多粉丝的原因。

其实，小白并不白，它毛色浅黄，因为偏淡，在视频里看起来就像是白色的；小黑也不是一只完全的黑猫，它从下巴到肚子上的毛都是白色的，但因为它常常趴着，所以"小黑"之名也算适合它。它们只是两只有过流浪经历的普通动物，小白是中华田园犬，小黑也不属于任何一个名贵品种，但这些都不妨碍人们远道而来欣赏它们的"萌"，也不妨碍"住得起"被人以"最有爱的客栈"提及。

　　"有爱"的还有李国伟。古镇附近的山上有一种茅草，李国伟把它们晒干后编成各种形状作为纪念品售卖。这些草编物有大有小，有花朵有动物，有的还被染上了简单的颜色，价格根据复杂程度从几元到上百元不等。其中，最受欢迎的当然是以小黑和小白为原型的作品。一般人看到这些草编物都会以为创作者是位女性，可李国伟虽然高瘦，却确实是个糙汉子，这又让他因为"反差萌"被一些姑娘关注。

　　李国伟虽然不是很明白什么叫"反差萌"，但他清楚人们喜欢上某样东西的时候，就会忽略掉不太好的那一面。这些东西包括原本普通的小白和小黑，包括那些材料只是茅草的纪念品，包括这家摘掉簸箕和草垫就会露出脱落墙皮或污迹的客栈，包括现在的生活，包括他的女朋友和他的爱情。陷入这种喜欢里的客栈住客和他自己并非看不到那些不完美之处，但他们甘之如饴，甚至满心欢喜。

上了楼的李国伟推开窗户，拿出手机开始拨号。现在是淡季，客栈不用他时时盯着，所以他可以出去逛逛，偶尔给街坊帮把手，或躲起来跟自己想念的人煲电话粥。

电话很快接通，他女朋友季芸的声音在他开口前先传了过来："心有灵犀，正要给你打电话！我升职了！周末我过去一起庆祝，今天真是太太开心了……"她语调兴奋。

他愣了一下，然后很快反应过来跟她道恭喜，接着把客栈跟一家书店签约的事告诉她，让她的喜悦又多了一份。两人聊了近十分钟才不舍地说了再见，毕竟季芸还要接着上班。

挂了电话，他望着窗外发呆。其实，他原本有很多话想说。一家大型连锁书店在古镇上开了一家概念店，每隔一段时间就要举办一些读书会之类的活动，对方打算把请来的作者、嘉宾都安排在"住得起"，还一本正经地跟他签了合作协议。他想告诉季芸客栈的发展越来越好，就算在淡季也不会生意冷清，他们未来的生活很有保障，想问问她愿不愿意辞职来古镇一起生活。这些话其实在他舌头上已经滚了很多天，也许今天张阿姨再次打算给他介绍对象的举动刺激了他，让他差点把这些已经在嘴里焐热的句子吐出来。但它们终究是被咽回去了。

看来还是没到时候啊，他想。

是的，他有女朋友，只是女朋友现在不在这里。其实，她离他也不太远，就在两个半小时车程外的市区。但这段距离有时长得犹如整个人生。

因为在古镇上待的时间长了，李国伟和周围的人都熟悉了。看他为人靠谱，热心的阿姨们就主动给他介绍对象，其中以张阿姨最为积极，就算他说自己有女朋友也没用。用张阿姨的话说，他那一年也出现不了两次的女朋友根本就不叫女朋友。"两个人在一起那是随便甩个手出去就能碰到另一个手，你说说你能碰到谁？你都快三十了，还是找个能一起过日子的才踏实。"

他没法跟张阿姨解释，只能躲着。他确实不能"随便甩个手出去就能碰到另一个手"，但看看他的生活，客栈的装饰是她出的主意，墙上的《入住须知》除了最后一条都是她写的，微博账号是她注册的，小白和小黑是她捡回来的，最初那些视频和照片也是她拍的，他的手机里存着很多她的来电记录和她发来的短信，就连编茅草的方法也是她教的……他并非守着一个无果的愿望，他的每一个动作都会得到回应。那片云虽然离他不是很近，但他在她的笼罩下感到安全和放松。

他不怀疑自己等得到。

季芸是他同年级不同班的中学校友。在认识她之前，李国伟还是一个满心愤怒的惨绿少年，这种愤怒最初是冲着爸爸妈妈去的。他的爸爸妈妈在他上小学时离了婚，各自欢快地奔向新生活，把他甩给了年迈的外婆。他开始还很茫然，不知道究竟发生了什么，只是日日等待爸爸妈妈回来看他。在长久的等待没有结果之后，他已经明白了这一切，愤怒开始在他心里滋生。他自然而然地成了一个擅长逃学、喜欢打架的小混混，而此时他的愤怒已经不知是向着谁了。膨胀在他身体里的不良情绪让他只要被按住一个细胞就会爆炸，只有在急速分泌的肾上腺素的刺激下挥舞拳头，让别人破皮、让自己流血，才能让他在力气被抽干后获得一种宁静和满足。

但季芸的存在让他发现这种宁静和满足是多么虚妄和可笑。

知道季芸纯属偶然，两个同学在说季芸爸爸妈妈离异、她跟着爷爷奶奶生活时，被他无意中听到了。自此，他开始不自觉地关注这个隔壁班的、和自己有着同样命运的女孩。季芸的状态像是朝着他的眼皮扔了块石头：她似乎没有丝毫愤怒，常常笑着，遇到伤心事也能很快恢复过来，认真学习，也乐于跟同学一起活动——一点不像有那样经历的人，不像他。

他感到非常不解，这种不解又让他更加在意对方的所作所为。这种类似偷窥的举动终于引起了季芸的注意，在搞清楚这个混混样的同学没有恶意后，她再次出乎他意料地跟他做了朋友。

他的混混生涯自此终结。

很久之后，季芸给他解了惑："是他们不要我，又不是我的错，我反而要过得更好。不过，那时我大概还是没有完全看开，看到你还是有种同病相怜的感觉。"

那时，他们的关系已经很亲密，他也明白了自己想要的是什么。再没有无缘无故的愤怒，有的只是两个人互相帮助，从中学到大学、从大学再到工作的越来越平稳的生活。

可当他想让这种亲密更进一步时，却遭到了季芸虽不强烈但确实存在的抵抗。

他是后知后觉，但并非没有感觉到，在季芸看似洒脱豁达的外表下，是一颗不安的心。她渴望安稳，但只对自己能真正把控的东西有信心，比如工作。她渴望相濡以沫，又怕太近的距离会让热情如烟火刹那燃过，就像她的爸爸妈妈，就像他的爸爸妈妈。

只有长长久久的相处能增强她的信心，只有日积月累的温情能消磨她的顾虑。

等吧，他对自己说。

一次，他们到古镇约会，那时古镇只被部分开发，还保留着原汁原味。她看着眼前的美景说："真想工作几年后就来这里定居，过悠闲安定的生活。"他说："那有什么不可以？"她笑答："哪有那么容易，以后这里会变得更繁华，我们不一定有机会住进来，而且就算那时钱够了，也不敢轻易舍弃工作，否则，以后的生活怎么办？"

他却觉得很容易——建好一个她梦想的可以遮风挡雨的后花园吸引她跟来，比陪她在城市里浮沉、等她下定决心开始新生活要简单多了。

他拿出所有的钱到古镇租下当地人的房子开客栈，从无到有，从不会到会，从生意惨淡到买下客栈。今天，他们心目中的后花园好像真的建成了。

事实证明，那是一个明智至极的决定。在两个人为着客栈——很可能是以后他们的家的地方——的成长共同承担、共同欣喜时，家人的感觉为他们的关系上了一重保护锁。而分隔不远的两地的距离让她感到安心，她不用担心因为两人靠太近而让热情快速耗完，想他时又能比较快地见面。他时间相对自由，可以合理安排时间去看她，这也是为什么她不常来古镇，但他们的感情却并未消减。他觉得自己已经掌握了走向她的节奏，他看到自己手中那根牵引着她的心的线已经越收越近，差一点点，她就要走进自己的领地了。

可惜变数不会因为人不愿就不出现，她又升职了，她为此欣喜，她不会愿意在此时放弃工作。他沮丧，然后冷静，只差一点点了。这世上每一秒钟都有人分离，但她还跟他在一起。这已值得感激。

等吧，他重复道。

升职后的季芸变得比以前更忙，他们的联系不再那么频繁。即便他增加去看她的次数，两人也只能匆匆见面又分开。有那么几天，他没法联系上说是去出差了的季芸，手机无人接听，发出去的短信也如石沉大海。他晚上睡不着，一闭眼就有各种画面在脑海里闪现，第二天顶着一对黑眼圈遭受住客的嘲笑。就在他忍不住要去找她时，她提着一个行李箱出现在客栈门口。

"同去的一个领导追求我，说会给我更好的生活。对不起，那一瞬间我有些动摇。可我认真想象了那种生活，发现那其实很可怕，因为没有你。顾虑那么多，其实你早就占满了我的生活。我根本不需要担心我们的以后，

没有你，我就不是我自己。我知道我错了，我也知道你
会原谅我，就让我给你当老板娘来补偿吧。"她说。

他看到手中的线收到了末端。

很快大家都知道"住得起"多了一位老板娘，张阿
姨也熄火了，因为他现在是有媳妇儿的人了。

有住客听了他们的故事后问李国伟："老板，那么
长时间，你就不怕等不到？"

"怕什么？我媳妇儿不都在这里了？"

其实，他是怕过的，他设想过各种情况，然后又坚
定地继续等下去。这几乎耗尽了他所有的勇气，比他少
年时抢着板砖跟人对拍时多许多倍的勇气。

他不说，但他想她都知道。

他们都是胆小鬼，但他们又都很勇敢。

侧后方显示的美好

同一件事情可能存在多个版本，同一个问题，换个角度去看，也许就不是问题了。不要急不要躁，任何事物都有千百个面。

备课、布置作业、批作业，生活周而复始，令人欣慰的是有寒暑两个假期。

周雯雯是一名老师，主教初中语文，从毕业执教到现在，已经有7个年头，送走了一届学生，如今在带的年级是初二，一个不好也不差的班，按照学校估计的升学率，到中考的时候，班里大概有二十来个学生能靠自己的成绩读高中。

小城市的学校，为了提高升学率，大多学校都会补课，还有各种名义的自习，补课时间越长的学校，哪怕让家长多拿出些钱来，家长也是喜欢的。就算学不进去多少东西，让老师看着孩子，家长也是放心的。

周雯雯跟学生们一样不喜欢自习，带晚自习的时候还能边看着学生边备案或者批改作业，带早自习对于有赖床习惯的雯雯来说是一种折磨。早上六点开始的早自习，雯雯在五点半之前必须赶到教室，先组织学生跑十五分钟的早操再督导学生早读背书。冬天的天儿亮得晚，等学生们跑操回来的时候，周雯雯觉得耳朵都已经冻僵了，一路狂奔到学校的汗意早就被北风吹得透透的，她后悔之前嫌热没把帽子和围脖带出来。

从寒冷的室外回到温暖的室内，六十几个跑得全身热乎乎的学生把室内暖得更热，天黑得跟半夜没有区别，过了十来分钟就开始有学生打瞌睡了。叫醒打瞌睡的学生是早自习代课老师最重要的责任，腆着大肚子的秃脑门儿教务主任会时不时地巡视各个班，凶狠的目光从教室前后门的玻璃角落里蜿蜒进来，不放过任何一个可疑的对象。如果被他发现有打瞌睡的学生，就会直接进来拽起学生对其进行一顿批评，习惯性地冒出几句侮辱性的方言、训斥代课老师几句，甚至会勒令学生写检讨，搞得其他学生不能正常背书，老师也很没面子。这是个不招学生和老师待见的家伙。

全靠手里的这篇作文，周雯雯才抗过了进教室后十几分钟的时候这一波瞌睡潮。作文的题目是《我的理想》，很俗气，是打学生时代都写过的作文，学生们的理想无非就是长大了当科学家、老师等。这个学生不一样，他的作文第一句就是："我的理想是当官，当大大的官。"

"我想当官，因为我爸爸也是官，他很厉害，很多人见了他都会笑着打招呼，很客气地跟我爸爸说话，还会说我聪明、长得好。每天上学放学，爸爸的司机都会来送我接我，很多同学都羡慕我。可是我自己不喜欢，我想跟别人一样有一辆自己的自行车，我想做个追风的少年。"

每次作文交上来连额定 800 字都凑不齐的某生这次洋洋洒洒写了一大篇，字里行间都充斥着自豪和憧憬，这样的作文看得周雯雯不知道该怎么下笔写评语。这些学生在她眼里都是孩子，看世界的方式很单纯，他们只能看见表面的好而看不见表面之下的东西。

作文的主人小 W 是个眼神灵动浑身透着一股机灵劲儿的孩子，各科成绩几乎都在班里排倒数。不爱听课，上课小动作不断，下课疯跑打闹，曾经玩得太疯推倒同学，磕破了同学额头上的皮肤，被对方家长闹到学校。W 的妈妈是个略显富态的中年妇人，很诚挚地表达了歉意并送上许多时令生鲜，事情就这么不了了之。无非是小孩子间的打闹，没轻没重地出了些许意外，就算是自己走路不小心绊倒也避免不了磕破皮，大家都没当回事儿。之后就发生了住宿学生夜间翻墙出学校泡吧的事情，教导主任带头抓住了十几个学生，其中就有小 W。夜不归宿是严重违反纪律的行为，几名学生因此背上了留校察看的处分，其中没有小 W。

这个年龄段的学生，容易走对路，也容易走错路。一旦他们选择了某个方向，要扭转他们的选择并不容易。这篇作文给了周雯雯灵感。第二天早自习，小 W 打瞌睡的时候被周雯雯叫出了教室，附近几个睡意蒙眬的学生顿时精神一振，他们可不想像小 W 一样被拎到教室外面挨批。

再回到教室的周雯雯有种计谋得逞的小得意。小 W 低着头走回座位，看样子有些垂头丧气，不过眼神里似乎有什么东西不一样了。

"一棵长歪了的苗子，一次矫正或许并不能完全把它扶正，但不要紧，"周雯雯轻松地跟自己说，"多扶几次也就正了。"经过几次有意无意地圈重点、规律总结，除了作文编得还没那么好，小 W 上课认真了许多，语文成绩达到了中等水平，并且还有继续上升的趋势。周雯雯任命小 W 为小组长。这个小组长唯一的权利和工作是在每天早自习后收好本组十来个人的作业放到老师的办公桌上，别小看了这个头衔，在学生们心里可是个不小的荣誉。

借着送作业的机会，周雯雯不时地过问一下小 W 的学习状况，貌似无意地插几句语文之外的话："语文嘛，按着课本老老实实地学，总不会差不少，政治英语也一样，多看多背肯定差不了。数学就不一样了，得稍微聪明点儿才能学得好，老师最喜欢聪明的学生了。""据说，数学学得好不一定物理学得好，物理学得好数学一定好。有次听物理老师的教学示范课，那一黑板的电路图看着真帅！""当年老师还是学生的时候，最喜欢的课就是化学，各种配平，分量不一样变化还不一样，跟变魔术似的，真想再学一遍呀！"

被各科老师都排除在好学生和重点培养对象之外的小 W 学习成绩神奇地提了上来，提起他老师们都说，这孩子是开窍了。为此，小 W 的妈妈还特意到学校拜访了一下各科老师，并且千恩万谢地给周雯雯封了个红包。

周雯雯没有说什么老师的责任和义务，而是委婉地表示，W 的进步各科老师都有用心指导，更重要的是学生本身很聪明，一点就透。小 W 妈妈的脸上笑意更盛，同时了解到事情真相的她觉得自己的孩子真是幸运，遇上了这么好的老师。对于红包周雯雯很自然地收下了，同一科目的老师都在同一个办公室，哪天哪位家长来访哪位老师，凡是在办公室的老师都看得明明白白，是什么情况大家都心知肚明，她不愿意做同类中的异类，被孤立和防备的生活不是她想要的。

　　周雯雯投出去的桃获得了李子的回报，各科跟她搭班的老师纷纷给予好评，套用一句矫情的话，仿佛工作都带了丝幸福的味道。可惜，这味道来得太快，去得也太快，快到周雯雯还没有真切品尝到滋味就已经消失了。

　　上午下了第二节课，课间操时间，教导主任怒冲冲拎着三个学生冲进校长办公室，周雯雯过去的时候就看见她班上的三个学生缩着脖子靠墙站着。

　　周雯雯先把学生叫到一边了解了下情况，也没什么大不了的事情。课间操时间学生们一窝蜂地下楼去操场做操，教导主任逆流而上的时候，恰巧有学生一脚踩空扑了下来，扑倒了前面两个学生，三个人一起压向了教导主任。值得庆幸的是，教导主任才踏上第一层台阶，情急之下抓住楼梯扶手缓了一缓，但还是被学生扑倒在地上。负责清洁的校工刚刚拖过楼梯，教导主任的浅色裤子就遭殃了。

　　教导主任灰白色的裤子从屁股到腿上湿了一大片，正怒气冲冲地跟校长反映情况，阴沉沉地横了周雯雯一眼，提出了自己的处理意见：给予这三个在楼道里打闹顶撞老师的学生通报批评，并且要求几个学生在周一的升旗仪式之后，在全校师生面前读检讨书。

看看满脸横肉的教导主任，再看看三个缩成鹌鹑样的学生，周雯雯脑中浮出一幅画面，教导主任和三个学生就分别像是屠夫和待宰的羔羊，而自己和校长则是买家或者卖家。

周雯雯没给教导主任开口的机会，也没管他之前跟校长说了什么，就当什么都不知道，满脸堆笑地迎了上去："哎呀，毛主任，多亏你护住了学生，不然他们从楼梯上挤着摔下来可不得骨折了吗？要说咱们学校教学楼的楼梯，也该修修了，水泥台阶都露出里头的钢筋了，这次是有毛主任在，下次要是没这么好运气怎么办，楼梯那么高，绊着谁也是个大麻烦……"

平时言简意赅的周雯雯今天像上了发条似的，嘴皮子上下翻动，不仅忧国忧民地担忧了一遍全校师生和教职员工的安全，还把黑着脸的教导主任狠狠夸奖了一通，在大家都没回过神儿来的时候，迅速把站在墙边的三个学生领走了。伸手不打笑脸人，怎么着教导主任也不可能追到自己班上去拉扯学生。

本来一件小事儿，这么也就过去了，谁知没多长时间，传出周雯雯在校长办公室跟教导主任叫板，态度强硬地拦住了教导主任对她班上学生的处罚；事件的另一个版本是教导主任觉得周雯雯最近在年级组太出风头，故意找茬罚她的学生在升旗仪式后的全校大会上做检讨，没想到校长非常看好教学优秀的周雯雯，把事情大事化小、小事化了了。班上学生间流传的版本更贴近事实真相：学生下楼踩空撞倒了教导主任遭到了迁怒和报复，英雄老师斗勇斗智拯救失足学生。

听到这么多个版本的周雯雯也是无可奈何，总不能向每一个听到流言的人解释说明。一段时间里周雯雯发现班上的学生看着她的时候，眼神里有一种热切感。在她的课上，让所有老师都头疼的学生都会规规矩矩坚持到下课，学习氛围突然间浓烈起来。期末考试的时候，班级排名提升了两个名次，语文更是全年级第一。几个老师纷纷过来讨教教学经验，雯雯自己都迷糊了，她可没给学生发过什么考试必过符。

　　一年后的夏天，周雯雯送走了这一届学生。中考之后，教导主任惯性消失，直到下个学期的开学才再次出现在校园里，据说这个暑假他家的玻璃碎了好几次。

　　很多年后小W没有当官，而是成了大老板，回到故乡看望过一次周雯雯。他说，他一直记得她曾经说过的那句话："只有成了大学生才能当官，等你当了大官，老师也跟着沾点儿光。"

生活，也许只在动与不动间

世上的事千千万，对于人们来说无非就是想做和不想做，如果想做，请在专注自己目标的同时，不要忘了，脚下通往目标的路，不止一条。

生活是无聊的，一周上六天班，失去了黑夜白天的概念，天与天之间的时间界限也模糊起来。睁开眼，测试、找 BUG、修改、再测试，累了，闭眼睡一觉，醒来又是一趟测试的轮回。一轮测试完成后，项目的上线运作、市场宣传、合作运营等都需要他这个项目经理操心，小公司职位权限划分不明显，一个经理在项目的各个方面都要懂一些以便把好关。作为传说中的 IT 民工，在一家工资增长速度比工作量增长慢了几倍的公司里坚持了三年，头一年从牙缝里省出来的钱够买一套单元房的卫生间，他仿佛看见了拥有个人住房的希望；第二年房价一涨，存折上一个数字后可怜的几个零只够买半个卫生间；到了第三年，存了三年的钱大约只够买起一套单元房中的几块砖。

又听见 BOSS 在咆哮："到底是不会干还是不肯干？外面想进来的人排长队，做不了这份工就走人。"扫一下四周的工位，是刚校招进来做页面的应届生，也许在学校理论掌握得足够多，只是还没能把知识真正变成可用的东西。公司盈利近几个月稳步下滑，流进口袋里的银子陡然变少也是 BOSS 发怒的原因之一，工作出错尤其又是校招来的新员工，自然成了最好的出气筒。他也没少被这个脾气火爆的老板训过，不管自己是完全没错还是理亏都只能默默应下，跟小心眼脾气躁没多少专业知识的老板说理不是明智的事，毕竟他有权不再给你发下个月的薪水。嘲讽地笑了一下，对新来的倒霉蛋没有半分同情。笑话，在这个人踩人的环境下，不幸灾乐祸踩他两脚就不错了，不踩着别人爬上去的结果就是被别人踩在脚下，这是他三年来能做到项目经理的深刻体会，也是他一步一步从毕业生走到现在这个位子的经验。从业三年，他觉得自己老得很快，不是身体，而是心。悠然地拿起手边的茶杯喝了一口，生活啊，总是给年轻上进的普通人迎头泼上一盆盆冷水之后，才露出藏在下面那点微薄的回报。

应届生一脸沮丧地从老板办公室出来，路过他工位的时候敲了敲桌子："周哥，老板叫你。"

嗯？他想了想，最近能跟老板谈话搭上边的是一项资金申请，项目需要资金做市场推广，也许是为了资金的额度吧，隐约听说公司最近的资金审批比以往严格了很多。现实跟想象总是有些差距，这是一年来他对老板的推测失误最大的一次。同样是谈钱，老板找他谈的不是项目申报的资金，而是给予他的资金——他的工资。所谓的谈话是从老板对他家人以及他单身情况的关心开始的，几句面子上亲密无间的客气之后便转到了谈起来比较伤感情的孔方兄上。

老板的原话是："今年大环境不景气，准备裁撤一些人手，当然了周杰，像你这样的技术骨干、公司的中坚力量是肯定不在被裁的行列里的。"话锋一转，"但是，公司近期的资金十分紧张，会暂时性地调低各位的工资，只要渡过眼下这个难关，我保证，年底的分红肯定让大家满意。

"另外，你手上的项目市场方面先停一停，有原始用户积累还能撑一阵。你的市场预算有点大，咱们现在首要的任务是稳，守住盘子才能继续发展。"

他心里有点自嘲，裁员、减薪，虽然这段时间想到过这种情况，只是没想到会突然降临到他的头上。别的不说，一般公司的项目经理薪资多少，就算不打听偶尔逛一下招聘网站心里也有个数，自己这点钱放在大公司里比普通员工多不了多少。话又说回来，他不是能力不行才留在这座小庙里。刚毕业的学生能应聘进大公司固然很好，大公司人才多，在这一堆人才里怎么才能脱颖而出成功晋级呢？不仅仅是能力，而且盘根错节的关系也很重要，在你顶头上司不升级、不跳槽、不离职的情况下，没有更大的坑放你这根新萝卜。之所以心态稳定地留在这里，为的就是现在手中正在进行的项目。一旦项目成功，他就有证明能力的资本，带着这样的资本跳槽，直观地仅从职位和待遇来说，明显比慢慢熬资历的新人高出一个起点。

从项目定位策划到实行宣传，都是他一手操办，带领全组人半年的加班，他甚至能想象出新产品带来的利润和社会效应，保守估计，项目完全展开后带来的企业利润能占到现有利润的40%，前提是要快，在竞争对手尚未开发出同类型产品时在市场中大范围地推广开来。种种好处在项目伊始就向老板阐述清楚了，原有产品虽然能保持稳定盈利，但在同类化严重的情况下只会越来越差。忽然间有些沮丧，感觉像是自己辛辛苦苦盖了间房子，还没等住进去享受一番就因为地震而塌掉了。

他仔细观察了一眼老板，三十来岁就有些秃顶，干瘦的身材，不管天气多热都整整齐齐地穿着西装打好领带。戴着一副无框眼镜，不说话的时候显得很斯文，一张口带着明显口音的大嗓门马上把外表的加分降到了零。据说，老板是英国留学回来的海龟，这家公司是复制其在英国的某朋友的公司模式搭建起来的，很明显老板不想改变他既定的模式。

学习西方先进模式固然没错，只是……周杰盯着老板微秃的头暗暗笑了笑，几年的英国墨水尚且没把你喝成白皮肤英国人，你指望着能让中国客户跟你一样有英国视野和习惯的转变吗？从商业角度来说，英国模式的核心点不难理解，就像同一句话用中文和英文同时表达时，并不是所有的客户都能理解两种语言。当然，公司是老板的，老板有绝对的决策权。相同的建议提过两遍之后，多说没有任何意义。他慎重地想了想，表示理解了老板的指示，没再发表什么公司建议就回自己的工位了。

回到工位上，他没继续工作，而是打开了电脑上的小游戏——扫雷。玩的是最高难度的那一种，地雷多难免就有差错，凭他以前的经验来说，每一局胜负都在五五之数。扫雷是他的习惯，每当焦虑烦闷找不见发泄口的时候，他就会玩几局扫雷。扫雷这个小游戏，玩的时候需要根据游戏中的数字提示推断出哪块砖下面有雷、哪块下面没有，稍微活动下脑子把注意力分散过去，几局玩下来心情也就平静了，他始终认为有平和心态才能找到解决问题的最佳方法。今天在扫雷上限制了条件，三局两胜制，胜了就去说服老板把项目继续下去，输了就暂时放下新项目按老板说的去做。

第一局开局不利，第一下就点在了地雷上，光荣牺牲。他谨慎又谨慎地玩了两局，顺利通关，那就意味着他得去说服老板，随即想到，如果老板还是不同意继续项目那该怎么办，这三局扫雷不是白玩了吗？说到底他还是愿意让自己心血灌溉的树苗开枝散叶的，扫雷不过是给自己找个借口，无论怎样还是要去试一试的。刚一推开经理办公室的门，就看见老板摩挲着自己微秃的头顶一脸猥琐地盯着电脑屏幕发笑，无框眼镜上映出的信息表现出老板在看视频。周杰不由得想起某次也撞见老板这副模样，那次老板忘了关声音，虽然声音不大，他还是分辨出了老板在看某岛国盛产的激情片。

老板随手关了视频，若无其事地跟他谈论工作。本来心里就不痛快的周杰瞬间发怒了，也许几个月后老板会后悔当初的决定，但绝想不到让他痛失机会的不是他自己的错误决定，而是一个习惯性的动作。先不说老板到底在看什么，只是他的猥琐表情激起了周杰心里沉淀已久的不满：自己辛辛苦苦地干活，老板却无所事事地看视频；自己带着一组人马加班加点做项目，老板却悠悠闲闲脑子一热的一个决定就压给他们一堆工作；公司盈利了干活的人拿零头老板拿大头，只因为他是老板，他投资办了企业。有时候忍不住想，如果把老板换成一头猪放在总经理的位子上，在现有资金支持的条件下公司也能正常运转并盈利，也许赢得的利润会更多。

原本打算说服老板继续项目的热情瞬间消失，他只是礼貌地问了句："老板，项目是继续维护缩小投入还是完全停在一边？"无论老板的答案是什么，对他来说都没意义了，当不满累积到一定程度就会产生量变到质变的变化，现在他的不满完成了质变，他决定远离那个尸位素餐、完全无视他人心血以及在其位居然不考虑项目前期投入成本回流的秃子。

有些事之所以不明了，是因为心里没有明确的目标和决定，有了目标和决定，那么所有弯路就都可以简化成一条直线。拿定主意之后，他直接去了某个产品相似但运作方式不同而迅速打开了市场的公司，找到了公司的老板——他现在公司原先的副总，因为跟老板理念不同，辞职后自己开了公司。两人经过一番讨论，有赞同，也有分歧，原副总指出了项目上的一些缺陷，同时也非常热情地邀请他的加盟，担任项目经理的职务，入职后项目就可以上马，公司将优先提供资源配置他的项目。

原本的担忧没有了，原来解决就这么简单。世上的路万万千，到达某一点的路线千千万，一条路走不通的时候可以考虑换一条来走。如果是个死胡同的话，只要不是把胡同里堵路的那道墙砸破推倒，那么就是再走一千遍一万遍它也还是条死胡同，为什么不绕过去？

世上的事千千万，对于人们来说无非就是想做和不想做，如果想做，请在专注自己目标的同时，不要忘了，脚下通往目标的路不止一条。

【时针舞步】

刻着姓氏的温暖

即便百转千回后早已迷失途中回不去原点，就在你站立的地方，抹去脚下的灰土，基石中必然有一块以家为名。

个人的悲苦可以无限放大，自然也可以尽量缩小。所以，再多的失败，只要自己不去苛刻自己，好像都是能够接受并且坦然以待的。然而，始终有那么一处，无论是谁，无论坚强抑或脆弱，无论年富志高抑或颓废临死，无论初出茅庐抑或修炼成妖，哪怕用尽全身力气也不见得能真的放下。我们称之为家的那一处，从我们在母腹中凝成属于自己的第一滴血开始，就已在雕琢它的形状。重建或者推倒，即便百转千回后早已迷失途中回不去的原点，就在你站立的地方，抹去脚下的灰土，基石中必然有一块以家为名。

所以，与此有关的"不足之处"伤害尤其大。

被无数人奉为经典的英国电影《真爱至上》中有这么一段：小男孩的妈妈去世后，原本由妈妈、继父、小男孩组成的家庭失去了平衡。在失衡的家里，小男孩与继父经历了诸多折腾才重新寻回亲情的温暖和轻松的家庭氛围。

而在现实中，家庭关系的失衡常常来自于我们各自向着所谓的未来生活的一路狂奔。我们将时间给奋斗，将目光给明天，将自己给新生，以为后方之地永远存在。

其实，家并非坚不可摧。

你是否仔细注意过他人提到家时的神情？现实的、影像的、声音的、文字的，温柔的、热烈的、怀念的、感激的、心酸的、哀怨的、厌恶的、憎恨的、追悔的、渴望的……

家是何其复杂的一个词。

我们生于斯，长于斯，爱恨系于斯。第一份关爱来自家，第一份苦痛也来自家；第一次愉悦始于家，第一次失落也始于家；第一回立志关于家，第一回无力也关于家。太多情感思绪都于其中滋生，于是习得爱，习得念，习得怨，习得烦，知晓世界和人可以有多复杂。家代表的远不只是一份人生记录，若说每个人都是由上界派下学习人之情感的无情灵魂，那家就是我们最初与最终的试炼地，是缘，是运，亦是劫。

家人又是何其复杂的一种存在。

我们朝夕相对，互相关心又不一定相濡以沫；散落天涯，音信不通又不一定江湖相望。有血缘或者没血缘，并不能决定亲近程度。有时候彼此知根知底，却始终相待如陌路；有时候各处地球一端，终生未见，但知晓有这么一个家人存在，仅为这一冠名权就会把对方放在心底一百年。有人来，要去接纳陌生的脸、陌生的性情；有人走，要去习惯少种声音、少种气味。若有爱，必是涓涓溪流、绵延不绝，走得急了便会忽略或视而不见，然一旦断绝，又岂是切肤之痛可以概括；若有恨，也必然坚韧持久，日日在心里默默描绘，再痛也不放，一切皆来自爱。困于家的，张牙舞爪，要逃，要自由，无非早已拥有，恃宠而骄，底气充足；失了家的，失魂落魄，飘如飞蓬，心心念念，要有一所房子，一个温暖的人，给晚归的自己留盏昏黄的灯。

或多或少，生命的维度有多长，我们就学了多久关于家的深理。然而还是无解，所谓家家有本难念的经，我们永远处于面对问题、解决问题、等待问题的过程中。

你看，如此一来，我们还有理由不去守护、维护、经营家吗？

人生这场旅行，我们会经过某些成长的高山与沟壑，经过某些人的眼泪与微笑。若能时时加固背后的城墙、脚下的土地，必能走得更稳，走得无悔。

《真爱至上》里面，小男孩喜欢上了一个小女孩，而对方即将离开，是他的继父在旁边帮助，让他与心上的女孩见了一面，终于无憾。

中国有句古话：树欲静而风不止，子欲养而亲不待。小时候只知道这是句非常有名的话，必须牢牢记住，不为其他，只因为语文考试卷上名言名句诗词填写的部分可能会考到。随着年龄渐渐变大，接触的知识越来越多，听到见到的事情越来越多，这才明白这句话中深沉的含义和背后的可怕。人人都有爸爸妈妈，当一个人渐渐领悟到这句话的含义，就证明他已经在长大，甚至已经是成年人，那么就意味着在背后默默支持他的爸爸妈妈已经步入了中老年；向深处探究，如果这句话能引起一个人内心深处尖锐的伤痛，只能证明，亲已不待。

　　见过不少被媒体报道过的事件，有些儿女为了分割老人的房产闹上法庭，而彼时，老人还未故去，在自己的房子里没了立足之地，子女之恶比之强拆人家的开发商有过之而无不及；有些儿女不愿意赡养老人，兄弟姐妹间相互推脱以至于闹得不可开交，需要民警介入调解；更有甚者，将八十多岁的老妈妈锁在简陋的房子里，一天只给几个冷硬的馒头、几片咸菜！这是怎样的畜生才能做出的事？乌鸦尚知反哺，何况自诩为站在生物链最顶端的拥有智慧的人。也见过八十岁的老妈妈，捡破烂维持着自己和五十多岁身有残疾生活不能自理的儿子。稍一对比，丑恶让人不能直视。固然如此，人们还是愿意生养孩子，尽最大可能提供给他们更好的生活，他们想象不到，年老的时候是否也能得到后辈同样的呵护和关爱。而背弃了亲情的儿女们，在背弃的同时，不知是否做好了年老后被儿孙背弃的准备。最后的港湾会是什么模样，其实谁都不一定能预见到，多一些关爱，才不辜负人间最初的温暖和善意。

昨日的离线文件

世界尝试改变，当初的那个少年，那是我们都回不去的从前。

X 小学坐落在小镇的南边，在一条小溪和一个树林的陪伴下已存在了很多年。这群人到齐的时候，天色将晚。早到的已在招待所订好房间，他们放下行李，在朴素的招待所大厅里围成一圈，开始吃晚餐。

他们是多年前的同学，离开小学校园已有二十年。有人提议"二十年后再相聚"，大家争相呼应，为了心底相同或不同的触动。

刚见面时，他们多多少少有些尴尬，因为无法一口叫出对方的名字。发现大家都一样后，众人快速释怀，再加上饭桌的调和作用，气氛顿时轻松热烈起来，以至于他们能语带调侃地拿着小学毕业照一个人一个人地对照，并在敬酒和咀嚼的间隙爆发出阵阵大笑。当年的我们，原来是这副模样，满脸充满稚气的青涩，目光清澈地映出蓝天白云，那时候眼里的世界跟童话书上描述的一模一样，美好且宁静。

来的人不少，但也不是全部。有的人很早以前就与大家失去联系，有的人空不出时间过来，有的人犯了事进了监狱，还有的人已远离人世。无意中提到后两者时，他们透出所知的一星半点结果之后，轻轻带过，仿佛从未提起过，快速从旧日海洋中挑出一个沉底的瓷器或一串闪光的珠子，开始新的话题。

他们中年龄最小的都已过而立之年，有各自的职业、家庭、人生经历，有不同的房子、车子、衣服以及审美倾向，甚至有不同的变化方向——有的人已现老态，有的人更加精神漂亮，有的人还带着娃娃脸……

这么一群相互熟悉又不熟悉的人凑在一起，用一顿延长了的晚饭的时间，将各自二十年前的记忆拼贴、比对、重组。当然，也有不止一个人有意无意展示自己现在有多么成功。那一晚，不知有多少人梦中进入过去的世界，重新经历那一段已逝的时光，又有多少人在现实不平的波涛里努力压抑情绪，抓住平衡。成绩很好的从前的班长，一副眼镜架在鼻梁上，总是带着谦和又略显卑微的笑容，看上去像个教书先生，也确实是先生，他在小县城里的普通小学教语文，没有什么闪亮的头衔和职务。他一个人要带不同年级的三个班，生活的压力让他的笑容染上了卑微。作为一个品德高尚的老师，坚持教书育人、谦逊待人的信念让笑容传递出谦和和修养。在众人中显得不高不低，回忆起从前的事，唯一有印象的就是身为班长的他接受老师安排下来的任务，在老师开会、学生上自习的时候，把不遵守纪律说悄悄话打闹的学生名字列成名单交上去，结果就是——很多人被罚了站，很长一段时间没什么人搭理他，他被划进了打小报告的黑名单，没人愿意跟他一"国"。小孩子们闹矛盾能有多大动静？将小石子扔进水盆里，起个小水花后没事了，闹腾几天之后大伙儿就都把这事儿扔到了脑后。同学还是那些同学，矛盾从没有发生过。

那么多年过去了，那么多同学，有混得好，也有混得不好的，无论混得好不好，这么一拨同学聚会总不能落了自己的面子。酒到深处，每个人脸上都泛着功成名就的红光，每一个人都是成功人士，每一个人都是自己的国王。

第二天一早，他们带着一种旧屋探险般的兴奋回到了小学校园。因为是周末，门卫大爷很好说话地放他们进去了。站在教学楼前时，他们都发现自己似乎成了"巨人"，眼前的建筑不再是记忆里那么高大了，教室陈旧，墙面斑驳。他们带着感慨在操场上玩了会儿跳房子和赛跑，褪了色的跑道现在已有尽头，但时间的脚步却走得更远了。从前教过课的老师已经退休多年，严厉的班主任、总是安静地一笔一画教他们画画的美术老师、爱笑的体育老师、在他们眼里好像什么乐器都会吹会弹的音乐老师和从一年级到六年级教过他们的四位数学老师。

老课桌、升旗台、小溪、小树林、小店里的老冰棍和豆腐皮，他们一样样看过来，慢慢地，不再兴奋。

光良和曹格在《少年》里唱："世界尝试改变，当初的那个少年，那是我们都回不去的从前……"

时间不允许我们回到原点，却同意我们回望从前。我们在不同的时间站在同一个地点，身后已画满世事变迁的曲线。但重叠的空间会触动某个机关，延迟的网络终会让我们接到昨日通过时间传送的离线文件——记忆和少年心情。

我们是如此健忘，沿着生命的河流从上游走到下游时已淡忘出发点的模样。好在当我们回望时，那些昨日的离线文件会给我们一些指引。即便我们刚收到它们时会想不起它们装载的内容，但一旦打开那些飘过许多日夜的文件夹，图像、声音都会自动播放，提醒我们的初心与美好。

回程的路上他们都比较沉默，忘了来参加这场二十年后的相聚的最初目的，相聚时渐渐熟悉的面孔，在离别时是那么陌生与遥远。沉默，没有人愿意挑起话头，他们各自沉浸在自己的思想中，各自默默消化着离线文件里的昨日语言。

在他们身后，少年们重新出现，走向"明天"。

无需遥望的此岸之美

哪怕群星都商量好了似的闭上眼睛，你也可以找到
前进的路，并最终找到属于自己的温暖的现实灯火。

我们都知道，彼岸美，彼岸有美人、美酒、美景。

彼岸是理想的彼岸，是梦想的彼岸，是未来的彼岸，
也是时间的彼岸。

可我们还在此岸。

有人 A，从小立志当画家，一路努力考入一个著名
美院。学习未消停，练习不敢怠，但不知道是因为时运
不济还是因为水平真的不行，发展始终不好。毕业后一
段时间，经济窘迫，为了吃饭，还是暂时放下坚持，无

奈地进了一个广告公司做设计，从此偏离原来给自己设计的道路。在广告公司做下来，他渐渐忘了坚持，赚到了钱，组建了家庭，还有了孩子，也感到了另一种快乐。连他自己都感慨，现实生活的力量真是强大，话语中有一点遗憾，但又有一种感激。

有人 B，本来胸无大志，在一个大学当保安混日子。有一天，他在看电视的时候被一则新闻所迷，忽如福至心灵，决心进入仕途，成为一名光荣的人民公仆，干出一番业绩。从此，他开始认真自学，见缝插针地找时间看书，虽不到头悬梁锥刺股的程度，也算毅力爆发了。功夫不负有心人，他考入一所普通大学，继而顺利毕业，顺利考上公务员。但他这时才知道，公务员的生活远非他所想，他的性格也让他无法在这条路上走得更远。迷茫痛苦后，他不顾别人劝阻再次改变人生方向，跟人做小生意至今，虽没挣到大钱，但笑容总算爽朗。

有人 C，为人温软，毕业后经人介绍嫁入有钱人家，只想过相夫教子、平安和美的生活。奈何世事多变，受不了另一半作为的她最终离婚，但又想要回孩子的抚养权。受到这些刺激之后，她开始工作，并在历练后化身女强人，一改往日作风，让人不敢小视。现在她已与一个尊重她和孩子的人重新组建家庭，但也并未放弃自己的事业与爱好，成了很多人羡慕的对象。

是的，我们还在此岸，但此岸有过去的时光带来的结果，我们并非两手空空地站在这里。未来只是在沉睡，没有唤醒的未来是虚无的，唤醒未来的力量，就是通向彼岸的桥。未来是多变的、无形的，就看你选择了哪座桥。在此岸，在你的世界里，你是世界的中心，桥从你的脚下向四面八方延伸开去，你不知道远方是什么，走过脚下的桥，远方才会一点点出现在你面前。每一步的落脚点，是这一步的终点，也是下一步的起点；每一个起点上，都会有无数条路延伸出去，无数种选择通向无数个彼岸，未来就在这一步步脚踏实地中被唤醒，结出各色的果实。

当某一天我们突然被皮肤下激流的力量所震撼，我们会发现原来自己也可以握住生命中如此之多的枝丫，那是每一道桥上可做出的选择。选中的枝丫可以留下，看看它会为你结出怎样的果实。至于不想要的，翻转手腕就能把它拧断。时间之河盛满可能，而我们的手掌盛满整个天空。

当我们已经历过去的种种，再回望少年时代，哪怕将那时的梦想捧在面前大声朗读，或放入口中仔细咀嚼，所能感到的也不过是微弱的情绪，因为我们并不悔这一路的改变与成长。

有些色彩总是拥挤着宣扬落寞，有些声音总是在喧嚣中还高叫着不甘，而有些生命却可以在左冲右突后找到合适的位置。那时，哪怕群星都商量好了似的闭上眼睛，你也可以找到前进的路，并最终找到属于自己的温暖的现实灯火。

天很低很低的时候，我们也可以很低很低，把身体都藏进泥土里，换种方式呼吸。世界不是个人微薄的力量所能翻转控制的，隐忍也是一种力量，让我们在自然做出选择的时候避免被抛弃的命运。沉默之后，就是努力地发芽，奋力地成长。不努力的种子，也许永远发不了芽，只会在埋藏自己的土里沉默，慢慢变成和周围一样沉默的土。彼岸在很远很远的时候，认真过好很近很

近的此岸的每一天。过好此岸，也是一条平安到达彼岸
的桥。

因为，时光总不会让我们两手空空，酸甜苦辣总会
尝遍。

幸福 也许有另一种模样

选中一些，必然会放弃一些，鱼与熊掌不能兼得，平淡的幸福和轰轰烈烈的幸福必然也是不能兼得的。没有更重要，只有最重要，只看你更需要、更想要什么。

幸福是什么？

幸福，哦，我很幸福。我的家庭很美满，虽然我们没有很多的钱，但我们衣食无忧，生活得平静，每天好好上班、努力工作，下班跟家里人一起吃饭聊天，平淡但温馨。

幸福？哦，我从来不知道什么叫幸福。虽然我有很多钱，但我没有一个特别亲近的人，儿子为了钱跟我闹翻，很少回家。别的亲戚表面上是来看望我，其实倒不如说来看望我的钱。家里除了我自己，只剩下一个佣人，我还要防着她偷走不该属于她的东西。养了几年的狗前几天也死了，哦，真是太不幸了。

有一则故事流传很广，虽然不见得是真人真事，却真实地反映了两种不一样的生活轨迹，两种幸福冷暖自知。

在同一座小山村里，有两个孩子，甲和乙。村子里穷，他们都想出人头地。甲读书一直很用功，学习成绩一直很好，直到考上了大学。乙勉强读完了职业教育就不再念书了。那一年，甲的妈妈借遍全村才凑够了他上大学用的学费。乙的书没念，背起行李去外地打工。甲读的是桥梁专业，在大学期间还交了个女朋友，校园生活很甜蜜。乙在工地上努力干活。那一年，甲毕业了，跟随工程队去建大桥，毕业就跟女朋友分手，他成了孤家寡人；乙的爸爸妈妈给他挑了个媳妇，是村里的姑娘，很能干。转眼，甲乙都结婚了，甲和妻子长期两地分居。乙用这些年攒下的钱在村里建了房子，养了几头猪，依旧在外打工，家里妻子来信，说家里也不缺钱，一家人长期分居也不是办法，让他回家。乙乐呵呵地回家养猪，隔年媳妇生了个大胖小子。甲依旧在建桥，晋升了工程师。甲还拿着固定工资，爸爸妈妈帮衬着在城里按揭了套房，小日子过得也不错。赶上猪肉价格大涨，乙养的猪卖了很多钱。

　　到了五六十岁，甲已经是桥梁专家了，同时也退休了。赋闲在家也没什么事，工程队又把他返聘回去当了高级顾问，这时候的乙都有好几个孙子了。甲这一辈子跟着工程队没日没夜地拼命加班做图纸，身体状况很差，得了场大病，很快就去世了。乙平时吃自己种的菜、自己养的猪，生活不紧不慢，非常有规律，小日子平平稳稳，过得很潇洒，虽然得了场病住了次医院，但好好调养了一阵子也就没事了。后来，乙带着孙子去甲的坟头拜祭，只感叹了一句："都是一辈子。"

　　是啊，都是一辈子。有人加班加点劳累到老，是一辈子；有人安安稳稳不求发财，也是一辈子。谁能说得清楚哪种才是幸福？

　　甲的一生虽然艰苦了些劳累了些，不难想象，甲的爸爸妈妈跟别人谈起孩子时的神情：我们儿子是大学生，我们儿子是工程师，我们儿子是高级工程师。甲是爸爸妈妈的骄傲，爸爸妈妈在其他村民面前谈起甲，仿佛自己都变得非常有文化了，甚至是村里人，提到自己村出了名高级工程师面子上仿佛也有了光。甲在退休后还接受了工程队的返聘，从一个侧面也表明了他对自己工作的热爱，也可能是出于长期以来的工作习惯。在甲眼里，也许自己是幸福的吧，受人尊敬的高级工程师也算是对自己的一生有了交代。乙虽然没有很高的学术成就，没有一个很耀眼的让周围人羡慕的光环，但是回顾乙的一生，生活惬意，儿孙满堂，生活不说大富大贵，但也算富足，一生身体健康，未尝不是很多现代人向往的平稳生活。

幸福，从来不是同一个面孔，通往幸福的道路也各有不同，只看你在幸福来临之时会做出什么选择。选中一些，必然会放弃一些，鱼与熊掌不能兼得，平淡的幸福和轰轰烈烈的幸福必然也是不能兼得的。没有更重要，只有最重要，只看你更需要、更想要什么。

生活并不是一帆风顺的，如果你觉得不幸福，不妨试着抛开所有你认为的不幸，看看自己还剩下什么。剩下的，或许就是一直在你身边，但是被你忽视的幸福。当幸福来敲门时，不要忘记抓住它；当幸福离开的时候，不要忘了仔细找找，它是不是变成了另一副模样，依旧在你身边。当年纪大了，经历过了足够多的生活，掰着手指数来数去，这才恍然大悟：原来，我有这么多种幸福。

comma
full stop

PART III
生长的省略号

　　有那么多事无法很快看到结果，有那么多际遇导向未知，但等待、守护、坚持并非无意义。始终流动的时光，是横向的省略号，是纵向的阶梯，寂静无声里，蕴藏着无限希望。

老去的意义

　　没有哪个年龄点是幸福和热情的分界线，每个年龄都有值得做的事，有各自的趣味。

　　谢明雅握着手机犹豫了一会儿，还是翻出了"大领导"的号码拨出去。

　　"妈，我想回家多待几天。"

　　"想回来就回来呗，这种事还要申请？"

　　谢明雅讪讪地挂了电话，快速来到电脑前，在早就打开的机票预订页面点了"提交"。

　　她不是有意要"申请"，而是觉得难为情。遇到事躲回家里，就像一种撒娇，这是小孩子才有的权利，于她而言，已经不合时宜了。

但现在她忍不住要做不合时宜的事。

谢明雅今年三十岁，是人们口中的"大龄剩女"。谢明雅对这个称呼并不在意，在她这里，"剩的"就是"胜的"。她既不是原野里的动物，需要雄性的帮助才能哺育后代，也不是旧时代的女人，只有在男性的支撑下才能活得好，她是新时代的独立女性，学识、能力以及相貌一样不缺。当一个人能掌控自己的生活时，他或她就对外界的看法不在意了。对谢明雅来说，为了摆脱"剩女"的帽子而对自己的人生下错手，是极为愚蠢和亏本的做法。她的自信让她有耐心等待。

但最近她的自信有坍塌的危险。

引发动荡的只是一件平凡的事。这个月公司有个大项目，她带着部门的员工加班加点，连续几天熬夜之后终于病倒了。发着烧躺在床上的时候，她还有点反应不过来：以前明明没有那么容易倒下。她有锻炼身体的习惯，也自认精力和毅力都不错，以前也没少熬夜学习或工作，但基本都能顺利度过，之后简单休息下就能恢复精气神，哪像现在？她想，以前没这样但现在却这样，又没有额外因素的影响，那就只剩下一个原因了——她开始老了。

谢明雅没有认真想过老去这件事，她一直觉得自己年龄的增长是种成长。很奇怪，成长和老去在人的一生中是延续的，甚至是并列的，但对一个人的能量来说，却几乎是相逆的。我们乐于提到成长，却习惯性地回避老去，可是在时间面前，回避是无效的。

在这种"陡然认清现实"般的打击后，新的沮丧接踵而来。公司的项目圆满完成，在没有她的后半段，她带的员工依照原计划做出了比她想象的还好的成绩。她感到很矛盾，既高兴又失落。

谢明雅突然找不准自己的位置。她既不是精力无限、可能无限的年轻人，也还没有成为真正被人需要的骨干人士。自我尴尬就这么来势汹汹地包围了她。于是，她趁着公司给她放假的时候做了自己不好意思做的事，躲回家。

妈妈总知道自己是谁。

谢明雅的家在南方的一个小城市，妈妈是名医生，退休后又被医院返聘回去坐门诊。自从小学时爸爸去世后，这么多年都只有她跟妈妈一起生活。但如果"一起"指的是位置上的靠近的话，这么说也不准确。妈妈退休前工作比较忙，虽然对她的关心并不少，但毕竟不能时时注意到她。谢明雅从初中起就住校，早早学会了独立生活。这种生活并不苦闷，她很高兴得到了自己所崇拜的女强人妈妈的关怀和爱的同时，还得到了妈妈的尊重以及一定程度上的纵容，这成就了现在的谢明雅。

高中毕业时，谢明雅本打算报本地的大学，但被妈妈阻止了。她说女孩子要多见见世面，在好大学学到真正的东西，留在本地是没出息的做法。当时谢明雅想，妈妈现在忙于工作，并不真的那么需要自己的陪伴，自己还是可以出去几年的。于是，她高高兴兴地报了自己向往的大学，背起行囊离开家了。

等到研究生毕业，她正打算回家乡工作，妈妈一个电话打来，口气严厉地教训她："你要是回这个小地方来给我丢脸，你看我给不给你开门！你不是说你实习单位的领导对你很满意吗？就留在那里好好干！"

其实她明白，妈妈一直在顺着她的心意，希望她不受自己影响地做自己想做的事，而她也自私地享受了这种纵容。

上学的时候还好，她总有寒暑假。工作后，她跟妈妈相处的时间就更少了。妈妈有她的骄傲，不愿意跟着她到另一个城市生活，做一个什么都不干的老太太。要是母女俩好几个月没见面而她又没法多请假时，她就声称自己太忙、太累，无法好好照顾自己，让妈妈过来陪她，过几天再把挂念着工作的妈妈送回去。这种要求，妈妈倒是很配合。这就是她们"一起"生活的默契。

因为这些，她一直觉得妈妈非常强大，可以轻易洞察她的心思，但又不会轻易干涉她的想法。妈妈是她的避风港，是她能量的重要来源。在她无所适从的时候，她本能地朝向妈妈所在的方向奔去。

　　回家前两天，妈妈什么都没问，谢明雅也什么都没说。她每天睡到自然醒，看看电视，翻翻小说，完全没有要出门的意思。第三天晚饭后，妈妈出去散步归来，看她还窝在沙发里按电视遥控器玩，终于开口了："起来陪我再出去走走。"大领导发话，她一脸不情愿地换衣服从命，心里却有一种总算等到这一刻的轻松感。

　　但妈妈好像并没有要与她直接谈一谈的打算。她们沿着公园的主路慢慢走，妈妈跟她聊着公园的活动、医院的琐事，甚至市场的菜价，时不时伸伸手、踢踢腿，一派真的在散步的架势。公园里远远近近的声音传来，又被假山和茂盛的草木略去一层吵闹。安静的路灯洒下光来，不时有跑步的人从她们身边超过。在这种别样的热闹和安静中，她渐渐忘记心事，投入到跟妈妈的闲聊中来。

　　因为是夏天，公园里消暑和锻炼的人很多，有的聚在一起跳坝坝舞，有的分散开来活动身体，背光处有情侣互相依靠着坐在长椅上，活泼的小孩追逐着奔跑，家长紧紧跟在身后。好像没有人在这夏夜的殷殷盛情下露出彷徨之色。

他们中最多的就是老人家。

靠近人工湖边的半圆形空地的时候，气氛明显不一样了。在充满昨日浪漫的温柔音波中，老人们两两结对，踩着老歌舒缓的节奏，投入地跳着交谊舞。这些老人大多发带银霜、肤刻皱纹，他们的动作也没有多标准，但谢明雅就是觉得他们有一种不容忽视的优雅与风采，让人移不开目光。谁让他们拥有老去的身体，却跳着轻盈的舞步呢？在大部分年轻人都待在家里上网看电视时，他们却在这里不紧不慢地与彼此和夜风共舞，仿佛时间并没有匆匆流去，生活还有着饱满的精彩，每一秒都淌出芳香的蜜来。

见谢明雅停了下来，妈妈也顺势站她旁边观看。

过了两分钟，谢明雅听到了妈妈发出来的笑声，她疑惑地看过去。妈妈一边笑一边把跳舞的人群里惹她发笑的那个人指给她看。

那是一个穿着短袖白衬衫和黑裤子的男人，又瘦又高，虽然头发还比较黑，整个人也很有精神，但看得出已经上了年纪。他明显是初学者，动作滑稽，频频出错，他的舞伴时不时地停下来纠正他的动作。

谢明雅也有点忍不住笑，不过看妈妈笑得毫无顾忌的样子，她还是侧身问："妈妈认识那位叔叔？"

"那是我在社区老年活动中心认识的一位朋友，有时一起喝茶打牌，没想到他还有这么有趣的一面。"妈妈说着又开始笑，"对了，他以前好像是你读书那个学校的老师。"

妈妈这么一说，谢明雅重新仔细看过去，想看看自己是不是见过，然后她"咦"了一声："那不是我的高中数学老师吗？"

在谢明雅的记忆里，教高中数学的陈旭东老师一直是个神奇的存在。他穿着向来随意，头发总是长到遮眼睛了才剪，就连在她的高中毕业照上，他穿的都是一件松垮的 T 恤。单从外表上看，他一点都不像个老师。谢明雅没想到十多年后还能看到他穿得如此精神的样子，虽然他现在的动作和穿着不太相符。

不过，这位陈老师让人印象最深刻的不是他的外表，而是他对待学生的态度。不同于大多数老师，他对于人们眼中的"优生"常常黑口黑面，对于大家所说的"差生"却相当和蔼且有耐心。对于前一种情况，那时作为优生的谢明雅可深有体会：去问他题，常常被骂"长没长脑子，这么简单的题都不会"；回去冥思苦想一通终于做出来了，作业本上被批"怎么那么笨，用这么笨的方法，好好想想还有什么解题思路"。数学成绩好的同学因为他一句话争得面红耳赤，争到他面前被集体骂一顿再回来继续想的事时有发生。

　　本以为他脾气就这么差，但有一回谢明雅在办公室帮英语老师整理卷子时，遇到他叫来一个成绩排倒数的学生谈话，自此见到了他的另一面。谢明雅听到他耐心地跟那个同学讲学习的方法，又对他说："现在开始努力完全来得及，明明有机会却放弃不是太可惜了吗？一个年龄段就该做一个年龄段的事，等你到了下一个年龄段，你会感谢现在的自己。"从那以后，可能因为心里有了认识，她偶尔会看到陈老师私下里把成绩不佳的同学叫去单独辅导，也意识到她极少看到他在大家面前斥责成绩不佳的同学，而在这之前，她从来没有发现过。

她记得他说"完全来得及"时的语气，非常笃定，好像时间完全不是问题，做了就会有成果。

有一回，她中午跟同学一起到校门外的小餐馆吃小炒。校门入口有一座喷泉，喷泉外是一段比较长的斜坡，斜坡上有一个公交站，而公交站正对着他们所在的小餐馆。他们刚提起筷子开吃，一辆公交车进站，等在站牌下的学生一拥而上。等到车门关闭，他们才发现他们的生物老师站在车门外拍门——可能他想让学生们先上，又走得比较慢，所以没能上车。问题是，他长得比较矮，站在低处就更不明显，连拍几下门公交车司机都没注意到他，直接踩下了油门。

正当他们中有人忍不住笑得喷饭时，一声响亮的"等一等"突地传来。他们转头一看，陈老师从喷泉那里一边挥手，一边迈着两条瘦长腿狂奔而来，口里还一叠声地喊着"等一等"。从喷泉到公交站，少说也有三十来米，再说公车已经发动了，虽然在斜坡上车速缓慢，但一般人看到这种情况多半就放弃了。但他们的陈老师显然不是一般人，现在他就像是一根摇晃着奔驰而来的金箍棒，要奋力击倒前方的妖怪。而前行中的"妖怪"公车还真的让他给叫停了。

看着陈老师顺利上了停住的公车，还顺便把生物老师拉了上去，他们都忘了追究喷饭那位同学的责任。

听谢明雅讲完这一段，妈妈笑得更厉害："哈哈哈，虽然他是个好老师，但他真的很好笑。"

这时候，空地上的人已经跳完了一轮，他们三三两两地聚在一起聊天休息。其中几个发现了妈妈，招手叫她过去。

到了那些老阿姨、叔叔跟前，妈妈给谢明雅一一介绍，基本都是她在老年活动中心的朋友，其中还包括陈老师。双方介绍完毕，听了谢明雅的一声"陈老师"和说明之后，陈老师也把她想了起来，大家笑过一通，找了几张石凳坐下来聊天。

长辈们聊天，谢明雅就在一边听着。本以为他们会拉家常，结果他们的谈话内容渐渐把她惊到了。

一位阿姨对她妈妈说："你那天说的那个微博，我回去让我儿子帮我开了一个，还关注了好多人，挺有意思的，就是他们说的那个'么么哒'是什么意思？"

旁边一位阿姨接话："我也听到我孙女儿打电话时老说什么'么么哒'。"

陈老师说："听起来像'摸一摸'的意思。"

众人都看着妈妈。妈妈说："这些要问他们年轻人才清楚。"

于是，接下来的聊天就变成了谢明雅的"网络用语答疑"。

告别时，长辈们都表示今晚又听到很多新鲜东西，还有人说要赶快回去玩 QQ 斗地主，陈老师也热情地跟谢明雅互留了电话。

往家里走的路上，谢明雅问："妈，你是不是关注了我的微博？"

"是啊，我是你的一个僵尸粉。"

谢明雅"啊"了一声，使劲想自己微博上有没有说什么不适合让妈妈知道的话。

"我的女儿一向报喜不报忧，不关注你微博我怎么知道你实际过得怎么样。"妈妈又说。

谢明雅嘿嘿笑了笑，凑过去挽住妈妈的胳膊。

难怪妈妈总是不多说什么，却像什么都知道的样子。就在回来前，她在微博上写："老去的感觉就是这样吗？无力和疲惫，失去和彷徨，不知道还能做什么。"

"你觉得老人家很可怜吗？"妈妈问。

"啊？当然不。"她怎么可能说自己的妈妈可怜。

"可我觉得你很怕老，你觉得老了就没有意思了，是不是这样？"

谢明雅沉默，又凑近了点。

"你看看今天这些叔叔阿姨，一个个都是老骨头了，包括你妈我，我们的生活很没有意思吗？不是吧。我们有很多事可以做，也还保有好奇心，愿意试一试新鲜事物。就说我，你不在的时候，我有医院的工作要做，有心理学的书要看，还时不时地上上网，定期参加活动中心的

125

活动。我还能帮到别人，自己也还在进步，我觉得过得很充实。"

"妈，你是最棒的。"谢明雅全身都快挂在妈妈身上了。

妈妈拍拍她的手："我这么说不是在安慰你，我是真这么觉得。活到这把岁数，不说全部看开，自在很多是真的，何况生活本就不错。"

"妈，我知道了，老去并不可怕，经营好自己的生活就行了，我一定向您看齐！"

"别跟我逗趣！"妈妈推了她一把，笑道，"说真的，你这哪是怕变老啊，你这就是转折点上的年龄焦虑，还是没有真正成熟啊！"

"怎么说？"

"想想你二十岁的时候，是不是也特别在意年龄的事？很多人，尤其是女人，在从十几岁到二十岁，以及从二十几岁到三十岁的时候，都会感到焦虑和迷茫，好像这是一个很大的变化，一个重要的转折点，我也是这么过来的。我看多了生老病死，你又是个很有主意的孩子，我就不想太多地干涉你的生活，没有催你结婚生子。
没想到没有感情和家庭的琐事分散注意力，你的反应却
要比一般人强烈。其实，再过一段时间你再回头看，也
就是那么回事儿，就像你二十岁时接受自己已经是大姑
娘了一样。没有哪个年龄点是幸福和热情的分界线，每
个年龄都有值得做的事，都有各自的趣味。"

到家以后，谢明雅刚换好鞋，手机上就收到一条短
信——"到家了吗？一会儿我给你打电话，方便到你妈
妈没在的地方接吗？——陈旭东"。

虽然疑惑，但陈老师打过电话来的时候，她还是到
房间里接了起来。

"谢明雅吧，既然你是我学生，老师就不拐弯抹角啦，
我要追求你妈妈，你能帮帮老师吗？"

"啊？"谢明雅完全状况外，觉得自己幻听了。

"难道你不能接受？不会啊，你这孩子一向很懂事。"

都把懂事的帽子戴上了，哪能不接受啊？"您怎么
想到要追求我妈妈啊？"

　　"喜欢呗！我跟着儿子、儿媳妇搬到这一片来，他们忙我就自己出来找事做，结果遇到你妈妈了。我是什么样的人你也大概知道，跟你妈妈绝对合拍！"

　　虽然很乐见这样的事，但谢明雅也不能在不清楚妈妈态度的情况下贸然行事，因此她委婉地说："我妈妈个性比较强，她的事我没什么发言权，可能没法帮您太多。"

　　"没事儿，你就先帮我探探她参不参加夕阳红交谊舞大赛，剩下的都交给我。"

　　"啊？"谢明雅又状况外了。

　　"夕阳红交谊舞大赛啊！你妈妈跳得很好，但我拿不准她参不参加，现在的情况又不好直接问，让那些老太太们问肯定隔天就大家都知道了。我正愁呢，你就回来了。"

　　"您学交谊舞不会是在为追我妈做准备吧？"

　　"是啊，要不然我跟着一群老太太混干什么啊？当然，你妈妈就算是老太太，也是最有魅力的老太太！"

　　谢明雅极力忍笑，还是漏了几声出来，她赶忙说对不起。

　　"老师我可是认真的。趁着还没老透，还来得及，赶快做最值得做的事。"

　　躺在床上的时候，谢明雅久久不能入眠。前两天睡太多，现在心中石头被搬走，又遇到值得高兴的事，她精神着呢。越躺越清醒，她想着今晚妈妈说的话，干脆爬起来，翻出自己以前的日记，看看那时都在想些什么。

　　谢明雅有记日记的习惯，上大学前的日记都好好地保存在家里。她随手拿起一本翻开，正对着的那一页是她十四岁时的一篇日记：

　　今天课间跟几个女同学说到年龄的问题，大家都说想象不到三十岁以后的女人是怎么正常生活的。最臭美的小秀说，到了三十岁，要不漂亮地活着，她宁愿去死。大家都点头。

　　我觉得她们说得有道理，但又好像有哪里不对。我们的妈妈们不都过了三十岁了吗？还都好好地活着。我想去问妈妈，又怕不合适。万一她真的非常在意这件事，我不就是在戳她的伤疤了吗？算了，还是不问了，到了那一天我就知道了。

　　她确实知道了，她知道了她会在老去的每一天做有意义的事，直到变成跟妈妈一样的有魅力的老太太。

泪水挥发的温度

她永远记得那天的高速路上，他长舒了一口气，脸上浮现笑容，眼角却还挂着泪，折射着下午的阳光，晶莹璀璨，旁边就是连环车祸现场。

这天是大泽泽和陈瑜举办婚礼的日子。

婚礼很热闹，酒店门口放着他们的巨幅结婚照，里面宾客满满，坐了几十桌，大部分都是女方的亲友。

司仪在台上一会儿打趣，一会儿煽情，从回忆两人的感情经历开始，新娘的眼泪就没停过。

与新娘相反，新郎大泽泽从头到尾都笑得很开心，眉梢眼角都是喜色，连向爸爸妈妈鞠躬致感谢词时都一样。他是真的高兴。

但有人好像对他高兴的原因有一些误会。新娘的妈妈坐在台下主桌上感动得稀里哗啦，不断拉扯纸巾擦眼泪，旁边坐着的岳丈大人脸却拉得老长，可能是觉得女儿被抢走了，心里很不爽。

等到婚礼结束，只有自家人在场的时候，他才语带责怪地说："小瑜哭那么厉害，他连眼圈都没有红一下，真是，不知道在想什么。"

大舅子听了，赶紧接话："他没哭就对了，哭了就惨了。"

大泽泽的大名叫李泽，除了大泽泽，他以前还有个外号是"哭包李"。前者是亲戚朋友们喊的，后者是小时候小朋友们嘲笑他时叫的。李泽小的时候非常爱哭，受委屈了哭，害怕了哭，不小心摔跤了也哭。他一哭，小朋友们见了就会指着他叫"哭包李"。长辈见了就会说："啧啧，怎么又哭了？""大泽泽"这个称呼也是这么来的。

其实，他现在还是爱哭，只是很少有人知道，大泽泽这个叫法也只是因为叫的人多了而留了下来，很多人都不知道它的真正由来。

大泽泽爱哭这一点可能有天性的原因，但肯定跟他妈妈的教育脱不了干系。

大泽泽家既没有豪车，也没有豪宅，但在很长一段时间里，他都以为他们家非常有钱。那时，他常常听到他妈妈跟别人炫耀，自己又买了多么贵的衣服，家里又买了多少很贵的食物，简直享受不完。那些东西都是真实存在的，但他们住的这一片本就没有什么真正的有钱人，他们也只是在吃穿用上比一般人好些罢了。

大泽泽的妈妈是个全职主妇，她很懂得物质享受，或者说很懂得享受物质。当别的家庭妇女在菜市场比对蔬菜的价钱时，她在商场比对衣服、包或者鞋的鲜亮程度，并且她常常能得偿所愿。这都是因为大泽泽他爸爸这个家里唯一在挣钱的人的包容。懂事后，大泽泽曾问过他爸爸，为什么对他妈妈那么纵容。他爸爸回答："你妈妈早些年跟着我吃了很多苦，现在让她多享受点是应该的。"但大泽泽有点不以为然，甚至有些不孝地想，多半是因为他这个"气管炎"的爸爸受不了他妈妈哭功的攻击。

如果有一个哭泣比赛，大泽泽的妈妈一定能得头奖。这位女士在这一领域的功力之深厚就像武林高手打通了任督二脉，练到了绝杀秘籍的第九重。她那双眼睛就是智能化的眼泪储蓄站，随时随地为她服务。她可以哭得狂如骤雨、重如山倾，也可以哭得恓恓惶惶、幽幽怨怨；可以哭得让风云变色，也可以哭得让池鱼翻身。大泽泽他爸爸那点抵抗力，在她面前完全消失，每每她还没有真正施展功力的时候，他就已经投降了。

而她也把这一技能传授给了大泽泽。

在大泽泽还把泥巴当玩具的年纪，当他想要什么而他爸爸犹豫时，他妈妈就教他："快哭，哭了你爸爸就答应了。"当他做错了事他爸爸要罚他时，她妈妈就在旁边鼓劲："快哭，哭了你爸爸就不打你了。"

大泽泽虽不算完全得了他妈妈的真传，但在他那个容易心软的爸爸面前，他掌握的已经完全够用了。时间长了，哭泣就成了少年大泽泽的某种下意识的反应和习惯，在他感觉到危机或情绪出现较大动荡时，眼泪就会出来拯救他。

这一特点放在小女孩身上，还会有人说可爱，可放在小男孩身上，那往往就会招来很多嘲笑。从幼儿园到小学，大泽泽被叫"哭包李"的情况已经数不清了，不过因为回家能得到爸爸妈妈的安慰，他始终想哭就哭。但不管少年愿不愿意，时间都会逼迫人长大，肆意在人前哭泣的坦然和"有钱人"的幻觉终于在他上初一那年一起消失了。

那天是他们交一项考试的报名费的最后一天，大泽泽到了学校才想起来忘了跟家长要。老师很不高兴地说忘了就赶快回家拿，他想到他妈妈早上就逛街去了，于是往他爸爸工作的地方走。到了目的地，他还没来得及跟他爸爸打招呼，就吃惊地看到他爸爸点头哈腰地对待几个有老有少的人。那些人高傲而不屑的神态和他爸爸笑得夸张的脸，深深地划破了少年的心和他一直以来所以为的"事实"。

他没有要报名费，一个人灰头土脸地回了学校，又被老师叫去教训了一顿。眼泪一直在他胸中升上来又降下去，不断撞击眼球。但这回他只是使劲睁大了眼睛，一路忍着，直到走进了男厕所的隔间再锁上门。

那天隔壁蹲位的男同学听到旁边传来的凄惨至极且绵延不断的哭声，被吓得便秘，差点敲门问他是不是忘了带纸。

自此，就连大泽泽的爸爸妈妈都不再有机会看到他哭泣。而在某些时候，某个紧闭的房间，或者隐蔽的角落，或者无人的天台，有少年用他经历了变声期又变正常的嗓音与眼泪一起发泄成长过程中挥之不去的负面情绪。

哭包李不在了，但大泽泽还在。

大泽泽高中的时候，他爸爸的身体出了问题，开始是胃出血，后来整个胃切除了四分之三，医生直接说"想快点死就接着折腾"。大泽泽知道他爸爸压力大，但没想到已经大到这个程度。

他妈妈大哭了一场，然后安分了一阵子。等他爸爸身体恢复，她故态复萌，买了一堆衣服和一个很贵的名牌包回来。大泽泽直接趁她不注意把那个包给退了，他妈妈知道了刚要闹，没想到被他完全没有表情的脸和冷淡的指责吓得眼泪都忘了掉。这简直是可以载入另类武林史的时刻。这之后，他妈妈好几次偷偷抱怨儿子越长越不可爱，严肃得吓人。他爸爸却在心里后悔，后悔没有好好教育儿子，如今他再比不得当年，儿子却还没有立起来。

　　他爸爸不知道的是，虽然在能力上大泽泽还没有立起来，但在心里，他已经渐渐立起来了。

　　大学毕业后，大泽泽自主创业，凭着大学时打工的经验和心中某种责任感的激励，慢慢把两人小作坊变成有十多个人的小公司。更多的社会历练让他不再那么容易感到害怕或者委屈，自然也更少哭泣。但在工作严重受挫、压力太大的时候，他还是会在员工全部下班后把自己关在办公室里哭，哭完再熟练地用冷水敷眼睛，走出门时又是一个不苟言笑的明日精英。

　　有天晚上，他惯常加班到很晚，拿上包在路灯的照射下步行回住处。这一片是近几年才规划起来的新区，他所在的是高新技术区，不远处是新的大学城。新地方，人少，租金更便宜，他把公司和住处都放在了这一片，步行上下班。

　　快到家的时候，他听到旁边的岔路上有声音，也没在意。刚迈了一步，一个姑娘突然朝他这边跑了过来，穿着高跟鞋和长裙子，在路灯下也看不清到底是什么颜色。姑娘也发现了他，大喊了一声之后加速向他跑来。他看到姑娘身后追来的两个小青年后才反应过来她喊的是"救命"。

　　这种事他听过不少，但还是第一次遇见。没给他反应时间，姑娘已经跑到他身边，两个小青年也近在眼前，就要伸手来抓那姑娘。他条件反射般地将包朝那两人扔了过去，同时一推姑娘示意她继续跑。两个小青年被激怒，一边骂着"挡路的蠢货"，一边朝他扑了过来，他马上就感觉到了拳头重重落在身上的疼痛。见他捂着肚子深深弯下腰去，其中一个人放开他要继续去追那个姑娘。他余光瞥见那人的脚步，把自己当成沙袋砸了过去。那人没有防备，一下被他压倒在地。这下两人更是怒火中烧，

138

要狠狠教训他一顿，结果一抬头，路灯下，只见他满脸都是眼泪。逞凶的人显然没见过这种阵势，不禁都愣了一下。

趁着这点工夫，姑娘已经跑远并拨通了报警电话。跟警察讲清楚地点，她迅速把长裙绑在腰上，露出打底裤，脱掉鞋赤脚跑了回去。那两个浑蛋正在殴打基本失去抵抗力的让他们觉得晦气万分的挡道者，结果原先跑掉的姑娘突然出现，举着高跟鞋往其中一个头上就是狠命地一敲，高跟鞋跟瞬间就在那人脑袋上开了个洞。就在这一瞬，本已经躺倒的大泽泽一个跃起扑倒另一个人，迅速抓过地上的包带就往他脖子上绕去。

等警察赶到的时候，战斗已经基本结束。最后，他们解救的是已经快被一边抽噎一边死不放手的大泽泽勒断气的小青年。

四人都被送去了医院。大泽泽多处软组织挫伤，右脚踝脱臼，也不知道是被打的还是因为他那神鬼皆汗颜的反击方式造成的。最神奇的是，他全身青紫，脸上却毫发无损——多半是流氓小青年实在没法往他那糊满了眼泪鼻涕的脸上下手。

警察做笔录的时候，事情被还原，大泽泽才知道那晚姑娘是去情侣朋友新开的桌游店玩，时间晚了，她不想留下来当电灯泡，又不想麻烦别人来接，就一个人出来打车。新开发区人少车少，她等了一会儿没等到，就想换个地方看看会不会更好打车，结果就被出来晃荡的两个流氓青年盯上了。两人拦住她的时候，她以为对方只是要钱，就把钱包交出去了。可是，他们拿了钱包之后就把手往她身上摸，口里也放出些肮脏话，她才知道他们的目标是她。姑娘吓得拔腿就跑，却幸运地遇到了加班回家的大泽泽。

最后连警察都感叹，他们真是两个别样的勇士。两个小青年本就没什么犯罪经验，临时起意想爽一把，结果遇到他们俩。因为这起英雄救美事件，姑娘就此和大泽泽认识。

她就是大泽泽婚礼上的新娘陈瑜。

对于这样的相遇，大泽泽也不知道是好还是不好——

有美人相伴自然是好事，可是美人一来就看到了他最狼狈的一面。尽管如此，遇到了喜欢的人还是要赶紧抓住。

两人没怎么折腾就走到了一起。虽然大泽泽曾解释说当时哭是因为实在太痛了，但相处久了，陈瑜怎么可能发现不了他的毛病。她不认为这是种毛病，反而觉得这样的大泽泽很可爱，当然，她也没有在大泽泽面前揭穿他。

陈瑜的家庭条件非常好，就算不工作也完全没有经济压力。用她的话说，还好那晚穿的鞋是大牌，不然也没有那么大威力。她更乐意把时间用在她觉得有意义的事情上，比如支教。

陈瑜去山区支教时，大泽泽要工作没法陪同。但几天后，他始终觉得不放心，因此还是暂时放下工作，打算过去看一看。到了地方后，在条件艰苦的小村庄住了一晚，第二天他陪陈瑜一起绕山路去找一个辍学在家的孩子。中途经过一条很窄的路，陈瑜一脚踩空滑进了草甸，接着就发出一声痛呼。她说自己好像被蛇咬了，大泽泽没有看到蛇，也不知道这种情况该怎么处理，只得着急地背着她奔回村庄。

村庄里只有一个半吊子大夫，一看伤口就说是被一种他们都没有听过名字的剧毒的蛇咬了，蛇毒会在十个小时左右发作，就连县城都没有相应的血清，听说曾经有一个人就是死于这种蛇毒。大泽泽吓得几乎失去理智，使劲给自己两巴掌后，一边到处奔走联系车辆，一边发动亲友向各大医院打听血清。他要把陈瑜送去最近的市区，几经折腾好不容易上了进城高速，结果高速上发生事故，出现大堵车，他们被卡在路上进退不得。

心急如焚的他下车找到交警，语调激动地说清楚情况，结果交警也没有办法，事故很严重，他们只能在道路疏通后想办法让他先走，现在只能等。

想到陈瑜灰白的面色和无神的双眼，他嘴唇颤抖，眼泪终于不受阻挡地滚滚而下。背对高速路，大泽泽蹲下来，压抑地痛哭。一分钟后，他蹭地一下站起来，跑到交警面前说服他们带着自己和陈瑜步行过去，在另一头找到可以通行的车开往市区。虽然觉得可行性不大，交警还是答应了他。

他背着陈瑜沿着路边奔跑，在他背上的陈瑜只觉得他的眼泪被风吹到自己脸上，灼得人生疼。

没跑多久，大泽泽的手机疯狂地响了起来。铆足了劲往前冲的他没有注意到，陈瑜却听到了。她把手机掏出来接听，里面是他们一个朋友激动的声音："大泽泽，搞错啦！根本就不存在你说的那种蛇！所有医生都说没听过！我们问过一个动物学家，他说不存在这种蛇，也没听过那片山区有这种毒蛇出没的消息！你们是不是听错了蛇的名字？"

陈瑜拍大泽泽的肩膀让他停下，喊了他好几声他才反应过来，然后小心翼翼地将陈瑜放下来，以免加速血液流动。看着他挂着眼泪的脸，陈瑜既高兴又愧疚地说："我想我根本就没有中毒，我们应该是被耍了！"

大泽泽无法理解，陈瑜将电话的事跟他说了，又补充道："之前情绪太过了，现在认真感受一下，我并没有觉得很不舒服。"

"可是你的脸色非常差。"

"脸色差可能是吓的，而且我这几天都没有睡好，不太适应这边的环境，白天劳动强度又有点大。"

"真的？"

"真的。"

"那村里的医生为什么要那么说？"

"多半是我之前当着众人的面骂他重男轻女，把他得罪了。他有一个小女儿，我一直没有说服他让小姑娘来上课。"

危机解除，他们旁若无人地在高速路上拥抱。

之后为了保险起见，他们还是尽快到市里的大医院做了检查。医生确认陈瑜只是被普通的无毒蛇咬了一口，估计她掉下去的时候压到了蛇，然后被蛇咬了。

他们结婚以后，大泽泽要是再感到害怕或者痛苦，他还是会哭，只是不再背着陈瑜，虽然这种情况已经很少了。有时陈瑜会陪着他哭，然后两个人哭着哭着就笑了。陈瑜调侃他说："等了这么久，你终于愿意让我看到你的眼泪了！"大泽泽心说：等了这么久，终于又有人能让我在她面前轻松地哭了！

有一次，陈瑜参加闺蜜聚会，已婚妇女们讨论伴侣最让自己心动的那一刻，有人说是扯领带的时候，有人说是给自己做饭的时候。轮到陈瑜，大家都笑，纷纷说她的已经不用说啦，肯定是"英雄救美"的那一刻。陈瑜却摇头，说："是他为我哭的那一刻。"

　　她永远记得那天的高速路上，他长舒了一口气，脸上浮现笑容，眼角却还挂着泪，折射着下午的阳光，晶莹璀璨，旁边就是连环车祸现场。

　　那一刻，她的心变成了春天雨后的草地，湿润柔软，还有绿苗破土而出。

烹调人生

在变化不大的躯壳下，我们其实已经被时间和自己联合烹煮成了一道菜。我们相互辨识也不再靠外表，而是靠菜的味道。好在我们可以决定给自己加什么样的调料，然后等待时间慢慢把自己想要的香味炖出来。

富二代章祁回国啦。

接风宴后，一家人围着沙发坐成一圈，继续听他讲经历见闻，问各种问题。章妈妈一脸神秘地回房间抱出一本相册，一打开，里面都是章祁，各个阶段的章祁。章祁"啊"的一声扑上去，惊讶地问："我怎么从来不知道有这么本相册？"章妈妈得意地扬扬眉毛："能让你知道吗？让你知道了我还留得下来？"

果然，细细一翻，大部分都是章祁的囧照，比如三岁的时候被两个双胞胎姐姐打扮成女孩子的样子。当大家指着他中学时被抓壮丁上台演小品时的滑稽照片笑得前仰后合时，章祁觉得自己那张因为长久旅行而变黑的脸的脸红指数都要爆表了，忍不住抢上前去，赶紧把相册往后翻。

相册是按时间顺序排的，小时候的照片很多，越往后越少，大学时的只有寥寥数张。首先跳入章祁眼帘的是一张四人合照，照片上的四个年轻人在旁若无人地玩闹，尚显青涩的身姿像几个不合规则的音符，跳出五线谱在时间的琴键上玩笑般地按下几个音。章祁想起来了，这是他毕业那天的情景。那时他出去玩了一圈后匆匆赶回学校参加毕业典礼，穿着 T 恤冲到公寓楼门口时正好遇到穿着学士服出来的三个室友。他笑他们人模狗样，跑过去抢他们的学士帽，几个人闹成一团。那时没注意到有人在拍照，想来多半是跟着来凑热闹，声称借弟弟的光再体会一次校园味道的双胞胎姐姐做的好事。

现在看来，有这样的留念，可不就是好事吗？

章祁、黎运生、陈俊、朱明，是那时的大学室友，是铁哥们儿。多年过去，除了家里跟章祁家有生意来往的黎运生还会与章祁偶尔联系，其他两个已经淡到不闻音讯了。照片上的七月天还不算特别热，但阳光已经足够晃人，衬得他们的脸都有些模糊。章祁想，这些照片上显示的就像是平行空间的事，在他真实的记忆里，这一段确实存在，但他连那时自己的样子都没法确定了。

　　章祁在家倒了两天时差，黎运生约他叙旧。两人商量在哪儿吃饭，结果去了离大学校园不远的烧烤店。

　　他们大学时常来这家烧烤店，陈俊经济条件比较差，朱明普通家庭出身，章祁无所谓，黎运生是人精，自然不会反对，这个便宜的地方就成了他们的长期据点。店老板还是原来那个，但已经不认识他们了。不是周末，不大的店面里除了他们俩只坐了两桌学生，但大学生总是吵闹的，更衬得他们这里冷清。

　　一瓶啤酒下肚后，两个人之间的生疏感才随着逐渐上桌的烤串儿的香味飘走。他们好几年来的生活都没有交集，又都不关心自家的生意，就只有回忆往昔了。聊到完全放松，两人开始互损。章祁嘲笑黎运生越来越有艺术家气质了，坐下时都不敢把手肘放在满是油腻的桌子上，完全不见大学时的潇洒。黎运生不慌不忙咽下一口啤酒，一反击就扔下一个大雷："你也越来越退步了，现在还单着，大学时还知道抢陈俊女朋友呢！"

"什么？"

一听章祁反问，黎运生就知道自己说错话了。章祁看他反应反倒确认了自己没听错，惊讶的表情深刻得都能在空气中留下印迹了。

严格意义上说，章祁不是富二代，而是富三代。他爸爸妈妈的结合属于强强联合，两人结婚后，生意做得越发大。章祁是意外到来的老来子，出生时两个双胞胎姐姐已经快12岁了。爸爸妈妈自己从小受够了严格管教，对儿女的要求就没那么严，等到两个女儿表现出了对经商的兴趣，对小儿子放得就更松了。若说章祁是上帝的宠儿，没有人会怀疑——出身巨富，自小得宠，自由加身，兼之长得不错，头脑还不差。

　　当然，对于最后一点，有人有很大意见。在另外一些富二代眼中，章祁就是个脑残会 VIP 会员，可无限下载愚蠢那种。因为家人在技能学习上的放养和在人情世故上的保护，章祁的中二期特别长，还曾经下过自己最大的障碍就是太有钱的结论——家庭条件影响他正常交友了。其他有钱人家的孩子都早早出国留学，他坚持要好好高考，还留在了自己考上的本市重点大学上学。

　　去学校报到那天，章祁拒绝了家里派车送他的提议，但提出要两个姐姐跟他一起去。他是这么想的，到时他这个帅哥走在前面，后面跟着两个长相一样、着装一样、步伐一样的大美女，多有武林高手出场的范儿。结果，年近三十却溺爱弟弟到没有原则的姐姐们还真同意了。于是入学第一天，可怜的无神论者朱明同学就受到了惊吓：他最先到寝室安顿好，下楼吃了饭，买了些生活用品，回来时在楼道里遇到个正往下走的漂亮姐姐，白裙及踝，长发披肩，他忍不住多看了两眼；走到寝室门口他还没回味，一推门看到一个一模一样的人站在屋里，白裙及踝，长发披肩，顿时不敢再迈步，以为自己大白天出现幻觉。

等人到齐了，大家轮流做自我介绍，朱明是学历史的，陈俊是学经济的，黎运生是学美术的，章祁是学导演的，四个人四个系别。这个学校倡导开阔眼界、多方涉猎，大一新生入校后，各院系学生的宿舍全部打乱来排，鼓励不同专业的学生们多交流，等到大二再按专业重排。章祁他们四个人就这么凑在了一起。到大二时，一是觉得没必要，二是懒得搬，他们以感情好、共同进步为由向学校申请维持原状，得到批准后就一起住到了毕业。

虽然他们四个家庭状况、性格爱好、生活习惯南辕北辙，但在大学四年勾肩搭背的生活里也曾真心以兄弟相称。在黎运生看来，这是时间作用下兄弟们间相互忍让、磨合的结果，但章祁更愿意把它归结为缘分。

章祁的梦想是做个大师级导演，他喜欢戏剧性的东西，甚至乐于自己创造一些不伤大雅的戏剧性场景。不过，这不代表他会欣然接受"多年后发现自己曾抢兄弟女友"这种狗血情节落到自己头上来。

当他抗拒的变成事实，他在被这些信息砸得头昏脑涨时忍不住想，是不是自己以前实在是蠢到没边，连上帝都看不下去了，所以给自己埋了伏笔。

　　出于怀旧或者无聊，抑或某种愧疚，章祁决定去看看被他抢过女朋友的老兄弟，还把黎运生给拉上了。

　　吃烧烤那天黎运生已经把事情跟他讲清楚了，听完后他只有一个反应，就是在心里问候自己过去的智商。

　　那是大三时的事了。故事的女主角是个叫方圆的女生，皮肤挺黑，但黑得均匀，身材又很好，看起来非常性感，为人又开朗大方，在以清丽为主调的大学女生中很是突出，是很多男生关注的对象，被称为"黑珍珠"。黑珍珠跟陈俊同在学生会，经常一起行动，因此常被人打趣是一对。每当这种时候，黑珍珠只是微笑，也不反驳。陈俊喜欢黑珍珠，看她这样也便有勇气约她同去图书馆或者同看电影，对方大部分时候都不会拒绝。正当他准备正面告白的时候，章祁兴冲冲跑回寝室，说有女朋友啦，是个大美人叫方圆。

　　"我怎么完全不知道？！"章祁问。

　　黎运生拿着还剩半个鸡翅的烤串儿指着他说："也

不想想陈俊是什么样的人，他自尊心那么强，没有确定的事儿会拿出来说吗？我也是因为偶尔被学生会的人抓去画海报才注意到的。他估计是找不到人商量，反正我都看出来了，他就跟我透露了点，还让我先保密，所以就连朱明也不知道。而且你想想你那时在干吗？"

是啊，章祁那时在干吗呢？他在忙着拍电影，其实也就是拍些短片习作。因为不用担心钱的问题，他连系里的设备都不用借，拉着一群创作欲旺盛的人完成了一部作品，还在学校里公映。现在看来，那时的作品也就是一片落在湖面的柳叶，一点声儿也没弄出来，也沉不下去，就看个颜色还风一吹就没了。但章祁高兴啊，志得意满地要拍第二部，天天拿瓶饮料蹲在校道边上，要为新作物色拥有独特韵味的女主角。黑珍珠就这么走进了他的视线，虽然直接拒绝了他的参演邀请，但没怎么犹豫就答应了他直接的追求，成了他这一段现实故事的女主角。

这故事要是拍成电影，倒贴钱给观众都没人愿意去看，章祁想。

"我说怎么有段时间老见不着他，还以为是有事儿忙呢。"

"不止你，连我都被他疏远了一阵子，谁让我知道内情呢？"黎运生叹气，"其实他也没怪你，知道你不知道呢，但心里总会有个疙瘩。"

"你怎么知道他知道我不知道？"

"念顺口溜呢？就你这段位，玩不来这么高段的。那时陈俊看事情比你清楚多了，他只是太好强。"

章祁作势要拿酒泼他，黎运生赶快重启话题："后来你跟黑珍珠到底为什么分了？别再跟我说什么性格不合，那时我就没信。"

"还真是性格不合，她说我太幼稚，后来跟一个公司经理在一起了。快毕业的时候来找过我，说复合，我没答应。"

"估计那时候才知道你家到底怎么回事，都快后悔死了吧！"

黑珍珠悔不悔章祁不关心，他现在就遗憾怎么早不知道，好把事儿跟陈俊说开了。这简直就是黑历史啊！

陈俊就在本市工作，他现在是个前途远大的人民公仆。两人到他家的时候，提前得了黎运生消息的他已经在楼下等着了。

三个人寒暄一通进了陈俊家门。陈俊外表上没什么大变化，有种与年龄相符的成熟，居住环境还是和以前一样打理得干净整齐，但章祁就是觉得有什么不对，看了又看，才发现问题出在他的着装上。此时，陈俊穿着旧T恤、大裤衩，大周末的又是见老朋友，并没有什么不妥，但熟悉以前的他的人都知道，这可是个在宿舍都要好好穿着衬衣长裤的龟毛男。

大学时的陈俊是个非常严谨、非常注重细节的人，他不会拿自己那套要求别人，但他自己会做得一丝不苟。男生们听了女生聊星座，觉得处女座就是种绝症，正好陈俊是处女座的，被大家公认为一级病患。难道公务员生活能治疗处女座？

陈俊本来没打算考公务员，他大四时经学校推荐去了一家效益很好的大型国企实习，结果没能留下来。HR说他不够活跃大气，带他的人说他关系没别人硬。他回校就报了选调生考试，然后被派到一个据说网线都没有一根的村子当村官，两年后因为表现优异兼之符合两年基层工作经验的要求，被调回市里。

"我那时就想，不是说我没关系吗？老子就要自己变成关系。你们知道我来自单亲家庭吧，家里条件还很差，以前总怕露怯，被人看不起，到了那个村子才知道什么叫真的条件差。那里的人是真好，也是真穷，在办各种事情的过程中我才慢慢发现自己的狭隘，也慢慢明白自己是在做什么工作。现在我的目标还是让自己变成很硬的关系，有很大的能量，这样才能帮到他们更多。"

章祁和黎运生都看得出来，陈俊真的变了很多，他不再需要一板一眼的行为和与人保持距离的姿态来支撑硬气的表象，却比以前更有尊严。

道别时，虽然知道现在的陈俊不再需要那句道歉，章祁还是说："以前方圆的事对不起了。"

陈俊愣了一下才反应过来他说的是什么事，笑着回他："难怪觉得你老是看我，还以为我变帅了你要找我去演男主角呢！"

"以前的陈俊哪会说这种话？完全是两个人啊！"回去的路上黎运生感慨。

章祁却牛头不对马嘴地说："他还真挺适合演男主角的，面瘫男的霸气故事，是不是很符合潮流？"

既然都见过陈俊了，两人反正也没什么要紧事，就打算跑远一点，去看看朱明。

黎运生给章祁介绍朱明的近况，说他现在在老家当饭馆老板，生意做得不错，还娶了个漂亮老婆。果不其然，到了地方，迎出来的是个大胖子和一个美女。

大胖子就是朱明。朱明读研的时候老父身体每况愈下，他放弃还没到手的学位，回家继承饭馆，照顾长辈。从小耳濡目染，做饭不难，难的是把饭馆经营好。好在朱明的书也不是白读的，没那么多资金搞大阵势，就走特色路线。他把饭馆做成了体验式餐厅，各个包厢都有独特的主题，比如取经路上、红楼遗梦、魏晋风韵、大唐盛景，在装饰、菜品和服务上都狠下了功夫。

"最开始真是做得心惊胆战，老本都投进去了，就怕听不到响声。我们跟一些婚庆公司合作，给一些没钱或者不想在大酒店办婚宴的新人做特色婚礼，虽然费时费力又挣不了两个钱，但名声总算打出去了。你别看我现在这吨位，都是这两年才长起来的，那时瘦得都皮包骨头了。"

漂亮的朱太太阻止他继续倒苦水，插嘴道："哪有那么凄惨，你那时还有闲心一天一个菜到银行门口来堵我呢！"

朱太太原来在饭馆旁边的农业银行上班，有次朱明去办业务，正好遇到公安系统出问题，所有需要用到身份证的业务都办不了，他就看到一个漂亮姑娘在那里不厌其烦地给老人们解释，挨骂也不生气，这就把人盯上了。他追人的手段也实在，一天一道菜，不重样，天天趁别人下班的时候送过去，慢慢就把姑娘变成他厨房里的人了。

朱明得意地传授经验："这追人就像做菜，得看火候，有的要快炒，有的要慢炖，放不同调料就有不同味道。我们家这个，是正宗老鸭汤。"

朱太太一筷子唐僧肉——实则改良版蒜泥白肉——塞他嘴里，笑骂："说你胖你还喘上了，你才老鸭汤呢！"

一桌人都笑了。

从朱明那儿回来没两天，黎运生递过来一张邀请函，市里要举办一场青年代表画家的作品展，黎运生的几幅作品也参展了。

章祁到的时候，来看画展的人已经不少了。他找到了黎运生的画，却不太能看得懂。其中一幅，他模糊辨认出是一些人脸的叠加，但人的五官却是由不同的事物组成。有的人嘴巴的部位 [A3] 是一块石头，有的人眼睛的位置 [A4] 是一把刀，而这刀又是另一个人的嘴巴……画的名字叫作《相》。

大学毕业时，两人其实有过一场不同于朋友间嘻哈的谈话。那时章祁已经定下要出国学电影制作，黎运生说："真羡慕你永远目标明确，热情满满，没有后顾之忧。我又想插手生意的事，又想继续画，连老师都说我心性不纯，恐怕难有成就。不过我已经决定了，壮士断腕，专心钻研绘画。你以后回来，我就是真正的画家了。"

黎运生还说："你这个未来大导演也多长点心，我开始其实不是这个寝室的，我们家想跟你家合作，怕你家看不上，又了解到你正好也到这个学校上学，我才想办法换寝室的。我开始只当你是白目二世祖，可有次陈俊终于忍不了你到处乱放东西说了你两句，我以为你会生气，结果你毫无反感地照他的话做了，我才当你是个可交的朋友。我这么说是知道你不会生气，但你到了国外还是不要表现得太好说话。"

现在黎运生真的成画家了，章祁也在成为大导演的路上走得更远了些。在国外完成学业的过程中，他已经拍过一些东西，拿了几个不大不小的奖。但不同于本科时的嗫瑟，他清楚地明白这远远不够，不仅在于技法，更在于他对世界和人的了解程度和理解能力。再次毕业后，在世界各地转了两年多，皮肤变黑了，脑子里的色彩却越来越多。

晚上回到家，他找出已经用到边角翻转的厚笔记本，上面全是他一路上的散乱感受。他翻到新的一页，写："如

果没有整容术与意外事件，人的五官的变化其实是比较
稳定的。但世界并非如此单调，在变化不大的躯壳下，
我们其实已经被时间和自己联合烹煮成了一道菜。我们
相互辨识也不再靠外表，而是靠菜的味道。好在，我们
可以决定给自己加什么样的调料，然后等待时间慢慢把
自己想要的香味炖出来……"

丢失在时光里的人

时光是条静谧流淌的河，不经意间已蜿蜒过千山万
水，豪情万丈的旅者逆流溯源时，恍然大悟——时光，
是无声咆哮的万丈瀑布。

朱玫景被任命为市场部总监的那一年，三十二岁。
没有想象中的那么老，多年的职场历练、得体的职业装、
八厘米的高跟鞋都给人一种干净利落的职场形象。栗子
色的卷发、精致的淡妆、翘起的嘴角和疏冷的眼神，妩
媚的人带着微冷的气息，从那天起搬进总监办公室。

有人欢喜有人愁，职场如战场，站得越高的人越像
在刀尖上跳舞，台下的欢呼和台上的荣光下，是一步错

满盘皆零落的危机。微笑着跟前总监告别，没有想象中那么高兴，甚至意兴阑珊。斗了一年，这次走的是别人，谁知道下次走的是不是自己。

"玫景，今天晚上回家吃饭吧，有你喜欢的……"苏良城打来的电话，不紧不慢的带着书生气的声音，让现在忙得恨不得长出三头六臂的朱玫景忍不住起急。

"不行，我手边有新上线的项目，晚上有应酬。你也知道，国情限制，酒桌就是谈判桌，我要晚一点才能回家，最近会忙。你好好吃饭，我这儿还有事。"干脆利落地交代完想交代的话后，干脆利落地挂掉电话。作为坐在总监位子上的人，除了需要应对大客户和大ＢＯＳＳ，干脆利落地达到要表达的目标，是多年要求自己和下属工作要有效率的后遗症。

朱玫景很忙，市场、销售、技术是公司的三大块，她目前负责的大部门下辖着各种七零八碎的小部门，消除前总监的影响，剩下的人谁可以留用、谁必须摆出在外也是个大学问，不说新官上任三把火了，自己这个总监的权威总要树起来以后才好带这个团队，接手的新工作也得梳理妥当，如果交接过渡的进程中出任何问题，无他，只能是她这个新任领导的责任。因此，现在还不是歇息的时候。

"玫景，今天还是回家吃吧，最近你都没回家吃过饭。"私人手机，给苏良城特意设的铃声响起，接通后又是刚才那个温文尔雅、不疾不徐的声音。

"你有什么事儿啊？"朱玫景性子有些急，交代明白的话一般不会重复第二遍。

"没事。"电话那头紧接着一阵沉默。

"我最近都要忙，没事的话等忙过这一阵儿再说吧，好吗？"毕竟是自家老公，不能要求他跟下属一样唯命是从、果断执行，适当的怀柔政策才是夫妻相处的长久之计，这一点朱玫景心里非常清楚。

"这是捣什么乱啊，没事儿还一次又一次地来电话。"朱玫景嘟囔了一句，继续埋头翻看手里的人事资料。这一埋头就是四个多小时，错过了公司餐厅晚上的饭点儿，等她从纸堆里翻出手机看时间的时候，已经是晚上九点华灯满街的时刻。楼下的西餐厅还在营业，点了一份牛排和一份沙拉，细嚼慢咽地解决了晚餐。

从前的朱玫景可不是这样的，二十分钟内解决吃饭问题，最快的速度是边跟同事讨论工作问题边吃米饭套餐，五分钟解决温饱问题，悠闲地摊在一边跟吃饭慢吞吞的同事争辩，故意趁对方嘴里塞满食物说不出话的时候下绊儿开玩笑。那时的朱玫景刚毕业没多久，是真正刚迈出校园的青涩开朗美少女。今时不比往日，自从上次急性肠胃炎发作去了趟医院，就被医生强力告诫，快节奏高压力的工作固然能拿不少薪水，可这薪水买的就是你日后的健康。这次只是急性肠炎，要是还不好好吃饭，胃溃疡、肠溃疡一旦发作，可就没这次这么好对付了。朱玫景是个听话的孩子，上学的时候老师就这么夸过她，如果医生知道告诫之后她的表现，一定会像老师那样发朵小红花表扬她的。

朱玫景推开家门，像往常一样踢掉并不舒坦的高跟鞋、换下外衣，刚准备去沙发边茶几上拿杯子喝水，沙发上一个黑影一晃，着实吓了她一跳，迅猛地退后几步狠狠贴在墙上，压在心口上一声尖叫还没冲出来，沙发边昏黄的落地灯亮了，苏良城在等她回家。她愣了，等晚归的她回家，这是多少年没有的事了。

苏良城静静地、深深地看了她几眼，哑着嗓子说："朱玫景。"

等了片刻没等到下一句，累了一天的朱玫景火噌噌往上蹿："干吗？"这个人，温吞了一辈子，就这温吞的性子，温吞到别人都升职加薪，他还在原地踏步，等到领导升无可升，这种好事儿才能落到他头上。从不主动要求加薪，每年就指望着公司普调的那两次才能蜗牛一样涨一点。

"今天是咱们结婚七周年纪念日。"昏黄的落地灯只能模糊照亮苏良城的半张脸，另一半沉默在阴影里，看不见有什么表情。他微微沉默了一会儿，哑着嗓子温和地吐出一句锋芒毕现的话："朱玫景，咱们离婚吧。"

安静，僵硬的安静。苏良城突然不知道刚刚自己说了什么，又突然觉得如释重负，终于说出了心里憋了那么久的话。朱玫景感觉时间在那一瞬停住了，空气都停止了流动，一切都在刹那间定格。结婚七年，习惯了那人的温文尔雅，几乎忘了无论是谁都会有言辞锋利、面目冷峻的那一面。朱玫景不说、不动，与时空一起，定格在了那一瞬间，脑子里一片空白，像闪光弹爆炸后那种刺眼的纯粹的白，她甚至怀疑自己刚才是否听到过什么声音。难道，刚才根本什么声音都没响起过？

"玫景，这么多年了，咱们越走越远。作为男人，我是应该更有作为，不然也不会让你这么辛苦。可是，玫景，咱们上次在一起吃饭是什么时候了？一个屋檐下，住着的却是两个最亲密的陌生人。"

"玫景，我已经三十六了。跟我差不多岁数的人，他们的儿子有上小学的、初中的，甚至上高中的。我的、我们的孩子在哪儿？咱们，已经没有共同生存的空间了吧？"

当年，是他温和的带着文艺青年的气质吸引了热情外向的朱玫景，可再多的文艺浪漫也挡不住真实的现实，文艺气质、浪漫情怀都当不了馒头面包。所有最初她欣赏他的地方，他的温和、他的文艺性的理想和生活态度，不知道从什么时候起渐渐被不积极上进、不懂变通、不能适应现代社会价值观所替代。从前是为了两个人生活得更好，不至于沦落到贫贱夫妻百事哀的悲剧中。可是……呵呵，好像已经忘了最最单纯的初衷——为了两个人能安稳生活，相亲相爱，白头到老。

朱玫景累了，她感觉浑身的力气仿佛都被抽干净了，她没有力气做任何事，甚至只是动动嘴皮子的辩解。钩心斗角忙了一天，突然觉得就算是靠着墙，她也没有力气支撑自己不倒下。安静地笑笑，什么都不想说，也想不起来说什么。这么多年，好像已经习惯了不用向任何人解释的骄傲，除了切关深度利益的话题。真的忘掉了什么，一语惊醒，她的眼里只有事业，忽略了自己和住在自己心底的那个人，终于导致走到了今天这一步。相互之间不是没有感情，浓厚的感情已经沉入心底，虽然不再热烈，却如沉香木一样，爱得更加深沉、浓郁。

是谁在路上越走越远，是谁远远望着那道影子不肯轻离？时光，不会为任何人停下脚步。

多少年前，初到上海的朱玫景看着夜色下的繁华小心脏扑通扑通跳得欢畅，多年前还是学生的她就向往着这座不夜城，期年后成为这里大把大把赚钱的小白领是当时朱玫景人生计划的第一步。看着多年前的梦想就在眼前，甚至近得能一把抓住，朱玫景的小心脏激动、兴奋、满足、陶醉，八字还没一撇的时候就开始幻想日后亮闪闪的生活。

"朱玫景，我们走吧。"某个人平板的声音打断了朱玫景金灿灿的幻想，好在眼前这座城市的漆黑夜色和夜色中璀璨的灯火没有随着这句干巴巴的声音一起碎掉。在这种情况下，朱玫景那点小小的不满抵不过扎根奋斗、努力升值赚钱的美好梦想，未等发芽开花就消失得无影无踪。

看着朱玫景满脸笑容地猛点了几下头，某个平板的人脸色平淡地拉开车门，很绅士地请朱玫景上车。那时候的朱玫景对任何汽车品牌都没有概念，在她的眼里凡是有汽车的人都很厉害，他们必定是有一份很不错的白领工作，才能供得起那一辆辆消耗着油费、停车费、各种保养费用的四轮代步工具。他们整天西装革履、面目严肃地上下班，薪水是她这种出入职场的菜鸟可望而不可及的，那时的夏利和奔驰在她眼里都会简化成一个词：汽车。

汽车穿行在上海铺满橘黄灯光的大路上，渐渐走向一个并不繁华的地方。忽然车停在了一个半新不旧的小区前，驾驶座上递过来一串钥匙，"进门第二栋的902，你自己上去吧。"

"不上来坐坐？"朱玫景的眼中大约不存在危险这个词。在一个完全陌生的地方，就这么毫无防备地信任了某个人，信任某人提供给她的一切信息，甚至连容身之所这个最后的屏障都毫无保留地对某个第一次见面的人敞开，真怀疑她是怎么平安长大的。事实上，只是没有比现在更好的选择。

"不了，老婆还在家等着。"后来证明这只是某人对不熟悉的朋友的邀请习惯性的回复，毫无真实性可言。

夜已经深了，朱玫景很识相地道了谢，拖着大号行李箱奔向自己的新生活。

那时的某人就是她在学校时候的辅导员的同窗好友，

算来是高她好几届的同窗师兄，帮朱玫景租到一套相对廉价的房子并收拾好，已经算是给了她不小的面子。他对她没兴趣，她对他也没有，既然不想发展一段暧昧，不如就此为止。

朱玫景也不是没有心机，很认真地查看了手机上的快捷拨号，排在第一位的就是110，住所的门能锁上的地方全部锁好，睡梦中手里扔攥着她的宝贝手机。

使朱玫景确定要在上海发展的原因之一是上海的繁华和挑战，让她有实现多金梦想的机会，原因之二是上海有海。

在来上海之前，生长于偏干旱内陆地区的朱玫景从没见过海，来到上海见过的是被污染的灰色的海，完全不是想象中海天一色的清澈碧蓝，之后有些失望，就如同现在她对自己一样有些失望。

刚入职一个月能拿到3000块，朱玫景已经觉得很满足了，然后发现在上海这座繁华的大城市里3000块跟小城市里的500块没有区别，勉强供给吃喝房租的开销，月月月光，这让雄心勃勃的朱玫景很受打击。好在朱玫景心态比较健康，在入职 3 个月后看准时机决绝地跳了人生的第一次槽，月收入上到了 5000 块。回过头来总结出——聪明智慧的朱玫景被以前的公司大力剥削了，像她这类的工作在上海 3000 块是最低的工资，通常适用于刚从学校毕业不懂行情、没有经验的小白。

遇到苏良城，只是个意外。

苏良城是公司涉外部门的职员，负责其中的一个组，勉强也算得上是个小头目，这个类似组长的身份让朱玫景第一次听到后马上联想到日本侵华时候的猪头小队长。第一次听到别人介绍的时候，没忍住还是抿嘴笑了笑，这个小幅度的笑容晃进了苏良城的眼里，这个年近而立的光棍男刹那间有了错误的理解。婚后被朱玫景寻根究底问出这么一个八卦，很没淑女风范地捶床大笑，指着苏良城鼻子下了个精准定义：猪头小队长的爱情奇遇。

朱玫景供职的部门多做后台统计，那一日是月初，拿了上月做完的销售报表送到涉外部，以确定下月涉外部的出货数量。送了报表临出门遇上了苏良城，苏良城显然没注意到眼前这个女人，眼光高过朱玫景的头顶投向涉外部的工作组，形似平板男一样平板地滑过朱玫景的身边。

朱玫景在第一眼就认出了这个男人，"苏良城？"这个名字没经过大脑，先经过了嘴飘到另一个人的耳朵里。

苏良城看着眼前这个女人有些茫然，栗子色的直发顺滑地垂下肩膀，面目似曾相识。朱玫景微笑着摘下黑框的宽边眼镜看看苏良城，随即戴上——聪明人不需要太多的提示。

"朱玫景……"有些意外有些喜悦，朱玫景点点头微笑着离开。为避免不必要的麻烦，暗度对于他或她都是有必要的，职场上混迹的人如果情商不够高，很可能会变成传说中猪一样的队友，旧情勾搭不适合暴露在同事雪亮的目光下。

没有风花没有雪月，及至年底工作繁忙，年终统计，各部门的数据整理都堆在了年底这些天。朱玫景摘了眼镜往后一靠，闭着眼睛稍作休息。即使闭了眼都觉得眼前是密密麻麻的数字，好在公司这月的加班和奖金给得不少，同样的活儿在以前那家公司基本是多拿不到几个钱的，这让朱玫景在抱怨曾经受剥削时并不厌恶眼前大量的数字工作，眼前的每一个数字都能兑换成真实存在的报酬，就像是勤劳的田鼠通过坚持不懈地在地里捡来捡去，慢慢攒出一窝的粮食，朱玫景捡来捡去的是成千上万的数字。

宽边的黑框眼镜有些像前些日子某家电视台里那个长得有些丑但特能干的女主角的眼镜，当初朱玫景选这副镜框时似乎看见了店员眼中的窃喜——这么丑的眼镜框终于卖出去了。她并不是电视剧里那些丑的女主角的粉丝，也不是要告诉别人她像那个女主角一样能干，她只是想遮挡自己的脸让自己变得丑一点。女人长得太好看了是资本也是麻烦，尤其是当她处于弱势被动的条件下，适当掩饰自己的容貌是层不错的保护色。

照理说，她朱玫景算不上美女，只是五官端正、有鼻子有眼让人看了联想不到丑而已。她只是对职场有些恐惧，觉得让自己稍微丑一点对于刚入职的她来说可能更安全些。

　　其间收到苏良城一条短信，他当天的工作完成得早，晚上不用加班，问她晚上是否有时间出去吃个饭放松一下。朱玫景回了"加班"两个字，直接把手机丢在抽屉里。她看重生活，面对现实，随遇而安又想有点小小的成就，每当同一时间段有多种选择的时候会很理智地拿出来对比得失。在年底这个工作任务重更容易出成绩的时候，显然，实实在在的业绩重于一次不疼不痒的叙旧约会。

　　从遇到苏良城算起，两人也不过在进公司的大厅里遇上过一次，互留了电话再无其他，上海的快节奏中各路小白领像上了发条的闹钟，笃实地工作、加班，为剥削者和自己创造财富。

　　苏良城也是笃实的人，正是男人三十一朵花的年纪，相貌也还过得去，民间风评是个正经正派的好青年，虽不算是钻石王老五，也是有房有车一族，那些骗小姑娘用的风花雪月已经不适合他，而朱玫景则是那种忙碌得顾不上风花雪月，而且对风花雪月也没什么概念的女人。两个人多年后的见面没擦出什么天崩地裂的火花，也没有狗血的烛光晚餐的剧情，各走各的路，各忙各的工作。

在这个加班费多多、奖金多多的年底，埋头工作无疑是最好的选择。

在公司待的时间长了，自然会不断接触到各个部门的同事，在公司的年会上，朱玫景很自然地"认识"了苏良城。那时的朱玫景作为新人衣着保守，默默地在某处吃吃喝喝看热闹，在年会气氛最 high 的群魔乱舞时段被起哄的众人卷进了舞池。不会任何舞蹈的朱玫景显然跟不上大家的节奏，像陷进激流的鱼一样左冲右撞，希望逃出这纷乱的人群，混乱中哪里辨得清方向，徒劳地在人群中打转。苏良城喝了点酒兴致也很高，跟着人群涌进舞池凑热闹地胡乱扭动，撞上了奋力游向池外的朱玫景，略带着恶作剧的心理抓住了她的手，另一只手臂虚虚地环着她慢悠悠想当然地来回晃动着——没办法，他也不会跳舞。

两个人乱七八糟地摇晃到乱舞结束，默契地找了个不甚明亮的角落叫了喝的东西。后续的发展不用解释，像多数电视剧的结局一样，有情人终成眷属。两个抱着努力赚钱、好好生活的想法的年轻人有着相同的生活态度，交流之后发现认知基本一致、交流顺畅没有障碍，手牵着手奔入爱情殿堂，约定为了日后更好的生活暂时不要小孩，各自为自己的事业打拼，相互鼓励，相互扶持。

不知道从什么时候开始，苏良城发现自己明显跟不上朱玫景前进的脚步了，这个聪慧的女人在经过几年历练之后，事业突飞猛进，无论是工作硬实力还是交际软实力都远远超越了苏良城。这个温和的男人默默地支持她，在两个人中成了照顾家庭更多的那个。当两个人处于同一高度时，会有更广泛的统一认知；当这个高度发生变化时，思维行动都会产生变化。不同高度的两个人的共同语言越来越少，在节假日的时候，苏良城和朱玫景也会一起看电影、逛街、吃饭；其他时候多是朱玫景对着电脑敲敲打打，苏良城拎着抹布扫帚擦擦扫扫。距离在不知不觉中逐渐拉开，他不说，她忽略，日积月累，就成为压倒骆驼的最后一根稻草。

当朱玫景的事业风生水起之初，还记得结婚纪念日，早早安排好工作特意空出那一天，后来就需要苏良城提示，才会手忙脚乱地安排，纪念的时间一点点变短，最后变成了临时约定的一顿晚餐。朱玫景没有太多感触，结婚纪念只是为了纪念，并且藉此跟苏良城贴心贴肺地好好聊天，以弥补平时忙碌中缺失的沟通。这在苏良城看来愈发凄凉。

结婚七周年纪念日的晚上，没有相互的问候和示爱，没有温馨浪漫的烛光晚餐。昏黄的落地灯隔开了两个陷在阴影里的人，不可挽回的沉默预示着无法估计的未来。曾经的恋人，是否还能再次牵手？

时光是所有人生命中的过客，它从人们身边匆匆走过，每个人的一生在它面前只不过是匆匆掠过的一个画面。多少人手牵手从时光面前路过，忘却了手里牵着的温暖。蓦然想起，那份温暖已经遗失在了时光深处。

眼前人，请珍惜。

【时针舞步】

平行空间里的漫游

　　每一本书在创造一个自成一体的世界的同时，又给我们留了一扇门。门内是不断循环的小世界、小故事，门外是永不停步的滚滚俗尘。

　　初初到来，你惊喜：这里的风景不能尽入画也可唱尽歌了。有塔，有溪，有人，好像还有些古旧的故事，适合拿来忘却都市的浮躁，舒缓拉扯的神经。那就踏进去，带着满眼窥探的兴趣，去呼吸别样清新的空气。

　　你来，往里走，看看这里淌过的日子是什么模样。站远一些，听那偶尔振荡起来的歌声；再走近一点，看看翠翠盛满青山绿水的眼睛。这边是吊脚楼，那边是乌篷船，里面还有杂货铺，那顺着水流淌的是边城人质朴简单的生活。你想在河边住下来，尝尝别人家的烧酒，聊聊痴情的妇人，去坐渡船，看看迎亲的花轿，晃晃悠悠里，不自觉地握住了故事的这一端。

跟着人们去看端午的热闹，听爷爷谈论一段过往或现实，坐在大石头上，和翠翠一起听遥远的歌声，浇灌一个长满虎耳草的梦。越往里，你好像越习惯这个地方，熟悉得好像已经在这里生活了很多年，骂人的时候也会用"你个悖时砍脑壳的"，月光铺洒的时候也会想放声歌唱。生命好像换了个地方继续，只是偶尔抬头时会记起更大的那个世界。多想一直这么下去，左脚踏出去是似水的安稳和宁静，右脚踏出去是隐隐的期盼和担忧。

只一刻塔就倒了。你目送那个老人的离去，感到一切还没有走出明朗的线索就急着结束。有雷声响起，梦却没有醒，惊讶和哀伤都有一点，并终是在翠翠的等待里获得了平静。你好像懂得了什么，又好像什么也不懂。故事凝固成了一幅静物，你频频回顾，却终是走完了这趟旅程，又短，又长。

这时候，你才想起，你是进入了沈从文的《边城》。

这个小世界是诱人的，因其特有的质朴和热情，纯净和舒缓，因其浑然一体的细腻的真实。从好奇到喜欢，从喜欢到热爱，边城的感觉在神经上轻轻跳跃，让人沉沦却没有深陷的难堪。

但同时，也是因为它的独特，你总能拾回清醒的认识：这只是精神的一个短暂栖息地，在它之外，是更广阔的真实世界。

穿梭于不同的平行空间、不同的世界，就是阅读。

阅读是时间魔法中最神奇的种类之一，它让我们的一种生命暂停，又让另一种生命开始。

每一本书在创造一个自成一体的世界的同时，又给我们留了一扇门。门内是不断循环的小世界、小故事，门外是永不停步的滚滚俗尘。面对一部好的作品，无论你什么时候推门进去，都会坠入一个不可侵犯的新世界，你将在那里感受到一些美好或是遗憾，得到一切安慰或启发。最重要的是，你会看到一些与现实世界、现实的自己不同的地方，而这些不同，会让你并不高大的生命之树多开出几朵美艳的花。书本内外两个世界的距离，是生命的延长线，阅读的过程让你将这条线画出来，并不断延长。

就如阅读《边城》，短短几万字里，你已经历了一个老人的老去、一个女孩的长大、一件婚事的发展、一个地方的数季，在没有激烈的斗争、复杂的悬念、纠缠的线索的故事里，采得一些回忆、一些歌声、一些琐事、一些担忧和一些思索。用一种温和的方式、一段不长的从现实中脱离的时间，你收藏了一种永恒。

生命总是在以某种方式循环。它的慷慨赐予人享受幸福，它的残酷铁律让人难逃束缚，而同时它又很小气，常常让你没有机会在既定的时空里看到足够多的灿烂，甚至没有机会看到现实故事的开头，没有足够的时间看到真实世界的结尾。还好有阅读。相遇与分离，成长与死亡，穿上或质朴或绚烂的衣，在文字搭就的世界里完完整整地演绎生命大戏。

更可贵的是，某些经典作品，用更为清晰的条理、更为鲜明的情感，帮助我们从纷繁复杂的现实中理出对生命的理解。它们会永远存在于记忆深处，成为一颗或远或近的星辰，在某一个时刻突然把我们照亮。当某天我们闻到河水或树木的气息，有了似曾相识的感觉，我们能轻而易举地提步跨过时间，搬开逝去的年月里层层的杂物，拂去厚厚的尘埃，看到指路的箭头、答案的铭牌。

或许因为阅读的存在，因为万千如你我的读者精神力的描绘，那些书中的世界真的在另外的时空生长，越来越具体，越来越生动，以至于都有时间在其中流淌了起来。在我们演绎自己的故事时，某一个时空里，故事也在上演：

"由四川过湖南去，靠东有一条官路。这官路将近湘西边境到了一个地方名为'茶峒'的小山城时，有一小溪，溪边有座白色小塔，塔下住了一户单独的人家。这人家只一个老人，一个女孩子，一只黄狗……"

与岁同开的耳际之花

这世界总是有太多漏洞，但我们还要前行。

某一天的某一刻，这世界有了一个你。你可能是外太空的一个粒子，可能是前人转世，可能是现世人穿越，但管他呢，虽然你还不懂生命的神秘和神圣，但你本身就代表这种神秘和神圣。SecretGarden 的《DawnOfANewCentury》将这种神秘封存，等你某一天来开启。

然后，你从一个皱巴巴的婴儿长成了粉嫩的正太或萝莉，满脑子奇怪想法，会相信自己是从垃圾堆里捡来的，会认为世界上只有中国和外国两个国家，觉得佚名是个很厉害的作者，也会一个人坐在那里想象死了不能呼吸或者爸爸妈妈不在了的情景，并吧嗒吧嗒掉眼泪。不管你出生在什么样的家庭，世界在你眼里都有无限种可能，一休哥、舒克、贝塔才是你的同类，而《花仙子之歌》《蓝精灵之歌》《阿童木之歌》准确地唱出了你童心里的雀跃和欢喜，并把它们传递。

从幼儿园到小学、从小学再到初中，这个世界的规则开始在你面前慢慢显现，你被教以是非、规范，也在自觉不自觉地违反规范。你还是喜欢看动画片，会买一毛、五毛的零食只是为了里面的卡片，但也会在周一时乖乖把校服穿好，在校长来巡视时挺直腰背做认真学习状。至于放学后的打架，嘘，那是我们之间的秘密，谁告状谁是小狗。某一天，你发现 MyLittleAirport 的《在动物园散步才是正经事》神奇地契合了你那时的脑电波，那种天马行空的味道像洒了的绝版香水，持久不散，抓人心肝。

从初中开始，整个中学阶段，虽然下颚的线条依然柔软，但你已经觉得自己是个大人了。你的个性越来越突出，或许已经有了人生第一个认真的理想，或许喜欢上了隔壁班的班长，或许已经感觉到了人与人之间的差异。有些人、有些事对你已经有了不同的意义，不同于小时候收集卡片、糖纸、鹅卵石的直白和外显，你开始把一些东西埋在心里，只说给自己听。但不管怎样，这时候梦想与同学间的友爱仍然是最重要的，也是它们让那个叫作"青春"的东西得以变得耀眼飞扬。这时候，你忍不住唱起青春动画《我为歌狂》里的《有梦好甜蜜》和《我的舞台》，在幼稚的歌声中放飞千金不换的坚定。

　　某个时候，你突然真切地感受到，你在渡一条河，前路永无止境，心理的劫难让自由变得遥不可及。但你还来不及恐惧，一只脚已经踏出去。所谓追逐，并不是必须，但它总是和"总是"在一起。你有了很多小心情，它们不再像儿时那样单一，而常常是快乐中混着酸涩，失望中透着希冀。GarethGates《WhatMyHeartWantsToSay》替你委婉地说出了一些心事，但不知道有谁能听得懂。

在有时荒芜、有时喧嚣的世界中继续前行，你有时候会轻声呼唤，有时候会忍不住跳脚、喊叫，向所谓的成人阵营和苍白现实宣战。愤怒青年 SimplePlan 的吼叫和上了你的声音，你们唱《WelcomeToMyLife》《MeAgainstTheWorld》，努力站在显眼处让别人看到你的意见。

然而，挫折让你认识自己，你在越来越多的压力中体会到责任的意义。BritneySpears 唱《I'mnotagirl,notyetawoman》，ChristinaAgulera 唱《AVoiceWithin》。你倾听自己的心，看到美丽的翅膀和翅膀下的阴影。这些让你成为你自己，无可替代的自己。

你学会了独立思考，用心去体会世界，不论是一个人在屋子里待着听雷光夏的《黑暗之光》，还是将自己投入旅途中，演绎深绿海的《Freedom》。你也找到了属于自己的表达方式，不论是如 MichaelLearnsToRock 的《几乎所有》般粗略地勾勒，还是如苏打绿的《几乎所有》般抓住一点细节细细描绘。

这个世界总是有太多漏洞，但我们还要前行。你的勇气和五月天的《神的孩子都在跳舞》一样拥有治愈的力量。你发现很多事情换个角度看就会变得不一样，而最终我们会像 JasonMraz 在《LifeisWonderful》中讲的那样，感激生活的周而复始所带来的爱与信仰。

　　这就是音乐的力量。它既叙述我们的人生，又在人生之外建造一个湖中小亭，让我们稍事休息，从另一个角度遥望现实，看到时间如何爬过皮肤与大地，带来感动、领悟与珍惜。

缀着晨露的生长节奏

植物与时间相互述说，而我们可以加入到这当中来。

夏日烈阳下，大王莲奇特的叶片浮在水面上，如巨型圆盘，如婴儿澡盆，又如仙境之船，让人想乘着它去往海中灵山。

这种原产于巴西、玻利维亚等南美热带地区的多年生草本植物，因其巨大无比的叶子和香味浓郁的花朵而享有美名。当它直径达一米到三米的圆形叶片漂于水面时，天上的珍馐也忍不住要掉下来。一株大王莲的所有叶片伸展开来能占据六平方米到十平方米的水面，而那些壮观的叶片可以装下三个儿童而不沉，让人不得不赞叹。

它是植物中的豪放派，不仅外形大、力量大，而且性子烈。王莲只在温度高、湿度高并且阳光充足的环境下才生长，一旦温度低于二十摄氏度，它就会给自己按下暂停键。可以说，王莲是对热烈的表达。

同样为植物中的豪放派的还有黄边龙舌兰。

黄边龙舌兰也产于南美洲，它的叶片既宽又长，顶端尖尖的，边缘带有钩刺，且汁液中含有毒性，非常有个性。更有个性的是，黄边龙舌兰平均寿命在二十八年左右，可它要成长十几年后才开花。它的花序是地表植物中最长的，最高达八米。黄边龙舌兰一生只开一次花，开花时高大的花茎上缀着无数花朵。

在漫长的等待后，开出最夺人眼球的花，然后无悔地迎来死亡，多像英雄传说中才有的存在。

可见，植物亦是有各种性格的生命。从某种程度上来说，它们比我们人类更懂得时间，也更尊重时间，所以拥有无与伦比的美。

比如大王花。

大王花是世界上最大的花。它不进行光合作用，而是靠吸收其寄生的葡萄藤之类的植物的养分而生长。这种奇异的花种没有根、茎、叶等其他植物所有的部分，整个身体就是巨大的花瓣，整个生命过程就是开花，且一生只开一次，带着一种决绝的恶和恶的决绝。

历经九个月左右的时间，大王花积蓄能量，从花苞长到开花，花朵直径可达一点四米，如一个鲜艳的雕塑突兀地立于土地上。这时的大王花会散发出淡淡的香味，随后这种味道会变为腐肉般的恶臭。通过味道，大王花吸引苍蝇等食腐昆虫替自己传播花粉，以待新生。三天到一周左右，它干脆利落地完成其生命历程，坍塌成一团黑色黏稠物。

这种目的明确、前期耐心蓄力、后期迅捷出击的生命过程，让时间得到了最大程度的利用，也让我们这些常常左顾右盼、犹犹豫豫的人类瞠目结舌。

维基百科上写道：生物学家戴维斯说，大花草属植物的起源要追溯到约一亿年前的白垩纪，即恐龙时代末期。一般认为，花朵植物从那时候才开始在地球上出现。研究人员推断，大花草的花朵在四千六百万年间增大了约七十九倍，然后才进入缓慢的进化阶段。

面对这样的历史与现实，即便大王花散发出恶臭，我们也不得不对它肃然起敬。

若说大王花是豪放派重口味，那白玉草就是标准的婉约派小清新了。这种适应力强大的植物带着粉白两色的可爱花朵生长在海拔一百五十米至两千七百米的草地、灌丛中，像隐居山林的隐士，波澜不惊却自有风采。

而同样特立独行的水晶兰在阴冷潮湿的针阔叶混合林用晶莹洁白的花朵默默述说着幽灵之花的传说。

时间在这些植物身上是安静的，但传奇却不会因为它们的无声而消失，如琉璃苣被认为可以预示爱的结果，圣诞玫瑰可以召唤恶魔。

当然，它们的卓然风采和独特个性决定了我们不容易也不忍心把它们搬到自己的阳台，让它们的时间和我们相融。但我们并非不能体会与植物一起在时光中等待、开花、传情的美好过程。月夜绽开的昙、死前开花的竹、悄然而至的兰都会让我们花费的时间变得值得，而宝石花、星美人等多肉植物也会让我们的流年更加柔软。

植物与时间相互述说，而我们可以加入到这当中来。

只有过去知道的呼吸

我们想象他们还是少年时的样子，想象他们在少年到中年间的经历，想象造就他们的人、事、物。在这想象后，我们终是要庆幸，时光给了他们魅力，而他们用魅力创造了更灿烂的时光。

日美子歪着头俏皮地对着站在回廊上的晴明说："晴明大人真像一只白狐狸。"

彼时晴明一身白袍，长身玉立，脸上一如既往带着洞察一切的笑，下颌微颌，双目弯弯，黑眉似刻。无关情，无关欲。他站在高处俯视你，你却心甘情愿为那种笑容匍匐。于是，秘流涌动，满园风华。

难怪有人说看了《阴阳师》这部拍得并不怎么样的

电影后的第一反应是倒回去重看一遍，只因迷恋里面晴明对着博雅的那张笑颜。而我则是直接放弃了电影的其他内容，一心只看晴明的笑容。全剧背景皆抛，只记得一只风华绝代的白狐狸。不知道这算是电影的成功还是失败。

晴明好像总表现得无欲无求，那看透一切的笑容后面是平静无波和缥缈虚无。暗潮汹涌的夜色中，他信步漫游，笑意流溢如月华，不可触及但又不失真实感。

这是现在的女孩子们喜欢的"大叔"，外形出色，能力出众，魅力非凡。

而大叔真正的味道在于"有故事"，故事当然属于逝去的时间。

相对而言，意大利著名导演维斯康蒂的电影《威尼斯之死》（又译《魂断威尼斯》《死在威尼斯》）中的中年音乐家古斯塔夫·阿申巴赫才是位名副其实的大叔。这部电影改编自20世纪著名德国作家托马斯·曼的中篇小说，基本忠实于原著。小说中，严谨认真、耕耘半生、颇具名望的阿申巴赫陷入了人生和创作的僵化期，渴望新鲜的事物和环境所带来的放松和热情。出于身体和精神原因，在一次偶遇奇异人物的散步后，他前往威尼斯，踏上了他最初以为只是一次休闲最终却改变了其一生的旅程。在威尼斯，阿申巴赫遇到了如希腊神话人物般的少年塔齐奥，被其绝美的容姿所震撼，陷入了对美、爱、艺术、道德、灵魂等问题的矛盾思考与挣扎中，逐渐在一种似乎不可抗拒的极致之美的诱惑下，一步步遗弃其坚持多年的外在的体面和内在的理智，投入追寻美的精神狂欢中，成为内心渴望的卑微奴仆，最终殒命于瘟疫笼罩的水城威尼斯的碧波前。

在这个颇具颠覆性的故事中，排除作者对文学、艺术、人生、美、爱等问题的大量探讨，排除阿申巴赫为了欣赏塔齐奥而做出的一系列荒诞行为及最终看似不幸的结局，大叔的身份、学识、对美的敏锐感知力已让人望尘莫及，羡慕不已。

而这些也来自他之前的"故事"。因为有这些故事，他能看到"精神美的化身"，"能望着蓝澄澄海水边站着的高傲身影，欣喜若狂地感到他这一眼已真正看到了美的本质——这一形象是神灵构思的产物，是寓于心灵之中唯一的纯洁的完美形象。这样完美的肖像和画像，在这里奉若神明，并受到崇拜。"即便最后，他为了他眼中至高的"美"停止了呼吸，谁又能说他没有得到某种大满足呢？

如果说大叔阿申巴赫的"得"还有点牵强，那"大叔"陶渊明的"得"就有说服力得多。

自古以来，人们总在寻求自我实现，寻求"自得"，不论是力求高调扬名还是努力低调，隐世都是为了达到不枉此生、不枉所学的精神满足。有多少人曾以"修身齐家治国平天下"为信条，不少人曾以"达则兼济天下，穷则独善其身"为准则，又有多少人曾一心向往江湖之远、山林之闲？然而，世有不顺，生即凶险，"得"是目的，更是难题。

对于这个问题，儒、佛、道都提出了自己的解决之道，然而世事总是瞬息万变，有时候按儒、佛、道中单独一家的思想，并不能实现内心的满足和宁静。故面对不同的现实和不同的自己，人们往往多方探索，以求在各种思想中找到所需，在转瞬即逝的人生旅程中找到自己的位置。陶渊明的出现无疑是这当中非常成功的一个例子。他持有儒家和道家的思想，亦受到过佛教思想的影响，但却不独独偏向任何一方。他饱学多识又身逢乱世，几乎是中国文人典型命运遭遇的代表。他的生存选择和文学创作表明了他独特的处世哲学，比儒家更自由，比道家更实际，比佛家更真实。他的生存实践为后世提供了一条更可学、更易学的自我实现之路。当后来的文人们为世事、为内心所苦、所累、所感时，往回看，五柳先生正"采菊东篱下，悠然见南山"，得天地，得自己。

若要问大叔陶渊明对我们现代人的启迪，有一点不能忽略，那就是他对时间的态度。时间在他手中有一种被拉长扩充后的质感，他既不急不可耐地汲汲营营，也不无谓浪费时间。他等得起，也能够用时间创造足够多的珍宝。他积累起自己的"故事"，又用这故事给后世的我们带来无尽魅力。

这样的大叔，我们如何不着迷？

在着迷之外，我们又不免对大叔们成为大叔前的故事好奇。我们想象他们还是少年时的样子，想象他们在少年到中年间的经历，想象造就他们的人、事、物。在这想象后，我们终是要庆幸，时光给了他们魅力，而他们用魅力创造了更灿烂的时光。

而今，轮到我们努力不负时光了。

comma
full stop

PART IV

无 言 的 句 号

任何事物都会有最后的终点，每一个终点都是新的开始。新奇，前进，彷徨，坚持，达到，收获，每一个终点都是时光的馈赠、收获的喜悦、回望的反省。每一个终点都是下一个开始，周而复始，生活由此盘旋而出，上演种种悲欢离合。

爱是所有回忆

最重要的是她们曾对彼此付出关怀；苦痛会消失，
唯有真爱永留心间。

曾几何时，"妈妈"两个字是她心底最不愿触碰的
伤疤。

昏暗的灯光，刺鼻的汤药味，沉沉长长的叹息，是
儿时最深刻也是唯一的印象。常年生病卧床的妈妈，很
少像其她妈妈一样，给家里准备热腾腾的饭菜和干净的
衣服，家庭的重担全部压在靠出卖劳力赚钱的爸爸的肩
上，每次伸手向家里要学费，她都觉得是在给这个被白
雪覆盖了的家庭撒出的一把寒霜，有一种愧疚的羞怯。

　　所以，当她刚刚拿到了身份证，就慌不择路地逃离了那个让她窒息的家，孤身一人来到了首都。

　　一个人漂泊的日子并不好过，尤其她还是一个没什么文化技能的女孩，这一切就显得更加艰难。帮人卖菜，晚上就睡在菜摊上，蚊子虫子直往身上招呼；在饭店做服务员，站了一天，晚上回到宿舍连袜子都脱不下来；在发廊做洗发妹，各种药水泡得手心里的皮换了一茬又一茬，连拿筷子都觉得很疼……

　　但是再难的日子，她都没有想过要回那个家。外面的日子虽然难过，却是自由的，无拘无束的，没有那么多的期盼，也没有那么多的压力。这些都一直是她梦寐以求的东西。

　　这种艰难的生活并不适合这么年轻的女孩，高强度的体力劳动和糟糕的生活条件瞬间让她曾经以为非常健壮的身体虚弱不堪。上医院，挂号，输液，花掉了她好不容易存下来的一笔积蓄。本来要连续输三天液，可是输完第一天她就决定不再输了，因为对她威胁最大的高烧已经退下去了。如果不输接下来的那两天的药水，她那在别人看来十分微薄的存款多少还能剩下一些。

　　窝在狭小潮湿的出租屋内，把那已经好几个月没换过被套、没清洗过的被子紧紧地裹在身上——她不想再经受那种时冷时热的感觉了，身体是自己的，如果病一直不好，她还怎么出去工作呢？如果没有工作，房租和平时填饱肚子的钱又从哪儿来呢？狭小的屋里不透阳光，即使在大白天，关上房门也是一片黑漆漆夜晚的颜色，就是因为存在着遭众人嫌弃的条件，才让她有机会用两百元的价格租下了这个安身之处。

　　人在虚弱的时候，精神也会变得虚弱，不论她平时多么坚强，在虚弱无依的时候，允许自己暂时的懦弱并不是错。多年来憋在心里的委屈翻江倒海般汹涌而出，那样的家庭无法提供给她普通同龄人的生活条件。从小她的心里就深深埋下了自卑，那个家里永远都是愁云密布，吃了上顿还需要担心下一顿饭的着落。细细想来，那让她从心底里逃避的难过在许多年之后还是这样真切。

　　妈妈，她想到了妈妈，那个卧病在床不能照顾她和爸爸的妈妈。妈妈总是那样地安静，即使说话都是温言细语，从未抱怨过什么，只要面对她和爸爸，妈妈的脸上总是挂着带有温暖光彩的笑容，那种光彩，叫幸福。霎时，她在黑暗中见到了妈妈的脸——她在患病前那张充满慈爱的丰润脸庞：仍是一头灰白发，脸上仍旧带着病时的笑容。妈妈的影像如此真实鲜明，似乎她伸手便可触及。她的模样一如从前，她甚至闻到她最爱用的头油的味道。她静静地站在妈妈面前，一言不发。

再一次看到熟悉的面庞和慈爱的眼神，抑制不住的悲伤让声音哽咽起来："妈妈，那场病让您受苦了。"

女儿不管走得多远，都是爸爸妈妈的心头肉，某一天，苍老的爸爸出现在她的工作场所——一家大酒店后厨的洗碗池边，看着女儿沾满洗洁精泡沫的双手和胳膊，只轻轻地说了句："闺女，跟爸爸回家看看吧，你妈妈没了。"

痛，瞬间击穿了她的心，从未想过，她对那个一直以来厌恶和逃避的家有这样深切的依恋；从未想过，她在心底深深爱着那个卧病在床的妈妈。

回到家的第一晚，睡在简陋的木板床上，真正的她自己的床上，透过床帘望向妈妈曾经躺卧的地方，那双慈爱的眼睛依旧在那里，一直在等着她的女儿回家。泪水模糊了她的眼睛，呜咽着轻轻叫了一声："妈妈，对不起。"千言万语再也说不下去，原本只是一场逃避的出走，没想到却成了永远的离别。

妈妈轻轻笑着将头侧到一边，仿佛表示理解她的心思。妈妈给了她一个美丽的微笑，她清楚地听到妈妈温和的低语："回家就好，我所有的回忆，就只有这满满一屋子的爱了。"说完，她便消失无踪了。

房间突然一阵微寒，使她不禁打了个冷战。此时，她深深感觉到，最重要的是她们曾对彼此付出关怀；苦痛会消失，唯有真爱永留心间。

妈妈这句话点醒了她，直到如今，她还忘不了与妈妈相见的那一刻。

生活虽然艰辛，但她坚信终究会好起来的。如今家里的负担，由她和爸爸一起挑起。起码，他们还有一个温暖的家，--个最后的港湾。

一个人的卡布奇诺

每个人都是独立存在的完美个体，生活的轨迹交叉或平行，在每一个路口相逢或别离。坚持最好的自己，未来那个人暂未出现时，一个人的卡布奇诺依然精彩。

李明媚今年三十了，是真真正正的三十岁。

李明媚其人，果然不负她老妈给她起的名字，整个人用两个字来形容，那就是明媚。明媚的李明媚大学毕业以后，就生机勃勃且野心勃勃地冲进了社会这座大金库，妄图凭一己之力从这金库里给自己挖来安身立命的本钱。年轻人总会吃些亏，吃的亏多了人就变精了，修炼成了职场白骨精。

白领、骨干、精英，某外企经理，从小城市跑到魔都上海自己贷款买下一处 40 多平的小公寓，不得不说李明媚是成功的，唯一美中不足之处在于，李明媚还是只单身狗。公司不禁止办公室恋爱，工位在客梯间附近的李明媚经常加班到很晚，总是眼睁睁看着同一层的同事三三两两地离开，其间时不时地会出现成双成对挨着很近的两个人，亲密的样子就差没有手牵手公然在办公场所秀恩爱了。

从前的李明媚对此无感，三十岁的李明媚在这个时候会默默地咽下几口温水，默默滋润自己贫瘠的感情。是的，李明媚的杯子里是温水，透明清澈，不是她惯常喝的卡布奇诺。以往只要在办公室，她的杯子里必然是一杯卡布奇诺。好友经常嘲笑她，生活如此美好，你却如此自虐，苦不拉几的东西哪比得上一杯白开水养人。

好友是上海人，娇小玲珑，很懂得保养，是李明媚初到上海的时候认识的好友，对外地人有种从心底里的防备和排斥，虽然表现得并不明显。她俩的相识有些戏剧性。十几年前论坛和交友群还很流行，李明媚混迹在某个虚拟论坛，跟一帮有共同爱好的人编造着属于那个年代孩子们的武侠梦，现在看来颇为幼稚并且欠缺逻辑的武侠小段子仍在论坛上，吸引了不少人的眼球。在虚拟论坛里，大家都用着随性取来的名字，彼此尊重，不问现实中的任何信息，仅仅因为某一共同的兴趣爱好聚在一起，像蒲公英一样聚散无常。

要说相识，李明媚和好友小娇就是在十年前的某个论坛中认识，那时候李明媚叫阳光明媚，小娇叫小乔。李明媚是仗剑江湖的女侠客，小乔是套着武侠外表写的却是儿女情长红男绿女腻腻歪歪的故事。李明媚不喜欢小乔的故事，但是却喜欢她时不时发的一些散文随笔，隐约能看见一个在生活中温顺婉约的女子。

她们在上海相遇时已经交心四年，李明媚开始工作，小乔还是大四的学生，她俩都是小心谨慎的人。在某个阳光明媚的日子，正午十二点约在学校附近最热闹的甜品店。北方人李明媚第一次吃到榴莲绵绵冰和杨枝甘露，对榴莲和芒果这两种重口味美食的喜欢瞬间让两个在网上交情深厚的人在现实中也碰撞出了友谊的火花，那个时候清脆的小乔放下了戒备和排斥："外地人如果都像你这样就好了。"

彼时李明媚因为毕业后两地分隔刚刚跟男朋友分手，甜品和小乔适时地填补了她当时的空虚，抚慰了她的哀伤，她羡慕地看着这个阳光灿烂的孩子没有搽脂抹粉但是很水嫩的巴掌大的小脸，羡慕她能在爸爸妈妈身边、能在自己熟悉的城市一直生长，而自己为了读书为了生活不得不离开爸爸妈妈漂泊在陌生的城市里，像无根的浮萍一样找不到自己的位置和归属感。

分别的时候，小乔同校的男朋友来接她，两人友好地告别，之后再没有见过太多次，但是一直保持着联系，亲密到无话不谈但是绝不影响对方的现实生活。得知李明媚单身，处在自愈空窗期，小乔还给她介绍了男朋友，是小乔的小学同学兼街坊，长得高大清秀、文质彬彬。按小乔的话说，李明媚看似女汉子的外表下有着一颗懵懂的少女心，太容易被欺骗，介绍个知根知底的人给她不仅安全放心，而且以后成了邻居也方便两个婚后妇女时常碰面共同打发婚后生活。

李明媚对小乔的论调是赞成的，一个人单身在外安全是最重要的，知根知底总比跟一个不了解的人交往更让人放心呢！所谓冤孽就是如此，意外地出现并且将平淡顺溜的生活轨迹打破。李明媚的 BOSS 就是这个意外因子，一个刚刚调到中国来的德国男人，高大，脸部线条非常有立体感。在李明媚眼里，外国男人二十岁到五十岁看起来好像差不多的样子，深度接触后打听到老板三十多四十不到，年龄段在自己心理预期的范围内，顿时对工作有了非凡的热情。当时，她的工作跟很多刚毕业没有工作经验的女孩类似。她每天的工作是给老板收拾办公室、收发文件、买咖啡，每天两杯楼下咖啡店的卡布奇诺分在早晨和午后。德国老板中文水平有限，不得不配一名翻译，于是咖啡之外就多了一份豆浆和油条。

李明媚被老板注意到是因为一份文件，大学选修德语的她发现一个明显的错误。德语中有多种词性和变位，句式繁复往往会让人搞不清楚到底主语在哪里。而在这份策略性文件中，某条标注出的利益明显是倾向于合作方的。李明媚小心谨慎地跟 BOSS 再三确认，才指出了文件中的错误。

之后，李明媚从总监助理变成了总监特助，薪水跃上了一个初入职场的她不敢想象的台阶。用 BOSS 的话说，不需要你翻译得多么完美，只要意思正确我明白就可以了。于是，李明媚在职场的某段时间内，说话总是中德掺杂。

办公室拉近同事间关系最有效的办法就是一起吃饭，凑在一起吃几顿工作餐就有了聊天的基础，再把各自掌握的八卦传一传就仿佛有了共同的秘密，成了同一条阵线的好友。新 BOSS 调来之后，还跟她一起在茶水间里八卦新老大多么帅、多么有气质，不知道结没结婚，有什么工作习惯，巴拉巴拉的。而此时，几个同事忽然沉默起来，好像 BOSS 的八卦已经引不起他们的兴趣了一样，茶水间的交流也很少出现了，甚至在工作餐时也不再谈论跟公司有关的任何话题。

李明媚这么明媚，心确实比别人大了不是一星半点儿，但不代表她傻，一次两次没关系，气氛那么明显，还有别人看过来的那种眼神儿，她心里跟明镜儿似的，跟同事交往的时候含蓄了不少。她看出了别人的防

备，只是不知道这种防备从何而来，她又不是第一天当
BOSS 的助理。

　　李明媚心烦的时候会抽烟，是大学熬夜背书应对考
试留下来的习惯。不挑烟，因为她根本不懂，也不会抽，
纯粹就是把烟吸进肺里给自己来一点儿刺激。毕业以来，
抽烟的次数一个巴掌都数得过来，在她保守的观念里，
抽烟的女孩儿不是好女孩儿。

　　在公司楼下便利店里偷摸买了包 555，办公楼是无
烟环境，哪怕是在卫生间，据说有一点儿烟味儿就会引
起火警警报，李明媚可不敢尝试。天台和北门外垃圾处
理区附近是公司划给烟民们的专用场所。上天台的时候，
她小心地探头看了看，门边儿处有人闲聊。

　　"你们职能部门的李明媚跟新老板走得很近啊，整
个人都洋气起来，你说她那些听不懂的词儿是不是老板
教的啊？"

　　"应该是老板的家乡话，老板为了她把贴身翻译都
辞了，那关系不简单呐！你说，他们会不会已经……"

　　只听了两句，李明媚就落荒而逃。她这厢还没来得

及起贼心，在别人眼里已经变成了贼胆儿十足已经霸王硬上弓的主儿，怪不得一个个看她的眼神都不对了。

常听说德国人严谨冷硬，真正接触了才发现德国BOSS除了守时这一点上做得比较好，其他方面完全跟严谨冷硬搭不上关系。下达命令后总会在自己的命令中找到这样那样的疏漏或者要新增这样那样的补充说明，学乖了的李明媚每次更新他的安排之后总要念一遍让他再次确认，大大提高了工作效率。BOSS很满意，大约是觉得李明媚也不丑，于是他们有了第一次加班之后咖啡厅的约会，BOSS依旧是一杯卡布奇诺，给李明媚也来了同样一份。那个味道李明媚不敢苟同，不过提神效果真好，直到第二天上班她都没有任何睡意。

BOSS天马行空想到哪儿说到哪儿，说他在德国的农场、农场里的苹果树和羊。苹果树结的果子酸酸甜甜，每年都吃不完，大部分会用来做苹果酱。说羊小的时候很可爱，他会用奶瓶给它们喂奶。李明媚被上海的繁华和空间的拥挤限制了太久的思维，一下子就飞到了遥远的德国，仿佛感觉到了那里明媚的阳光和农场里青草的味道。

没过多久，她才知道德国多是阴天。如果有大晴天，很多人都会拿出躺椅专程晒太阳。而 BOSS 漂亮的外表下有一颗对美女博爱的心。

李明媚跟小乔的街坊不温不火，对对方的态度都是可有可无、若即若离。从开始到结束，屈指可数的几次约会都是李明媚主动提出，对方或拒绝，或答应，见面了两人也没什么共同语言。李明媚一方面觉得自己足够明媚可以接受这样含蓄的男子，一方面又不知道该怎么敲开这个人含蓄的外壳以进一步加深感情。一段相亲史就这么无疾而终，在小乔不舍的追问下，李明媚只能给出一句回答：我也不知道怎么回事。实诚且无辜。

李明媚从总经理助理的位置做起，带着卡布奇诺在职场上高歌猛进，直到三十岁换成了温暾的白开水。

到什么年龄做什么样的事，李明媚明确地知道自己需要什么，事业成功只能说成功了一半，家庭必须是另一半。

现在，她要爱护自己，使自己的成功更加圆满。

记得你，不离不弃

因为有情，所以记忆。

　　最近几天来，八哥总是恹恹的，对任何事情都提不起兴趣，只是冲着门口的方向，卧倒，不动。往常只要一说："走，出门转转。"八哥必定是第一个从懒洋洋地卧倒假寐状迅速进入战斗冲锋状的家伙，匆匆地冲进储物间叼来它的专属狗链，乖巧地自己钻进松松垮垮的项圈里，叼着狗链的另一头往人手里硬塞。塞好后，一屁股坐在门边上，讨好地甩着尾巴满眼欢欣雀跃。现在不一样了，八哥拒绝走到门外的世界，套上狗链被拉扯

215

到门口后，坐在门边再也不肯动一步，鼻子里发出哀伤的哼吱声，无限委屈。

"嘿，八哥！"一声故作明快的招呼吸引了八哥的注意力，哀伤地趴在地上的八哥，犹豫半晌，呆呆地扭过头，慢吞吞地搜索这声音的来源。一只巨大的做成骨头棒状的磨牙棒被丢到了它眼前的不远处。安静的呆滞，它好像没看见，又好像根本不知道这是什么东西，呆呆地看了一会儿，换了个更加疲懒的姿势，冲着门的方向趴倒。

它知道，糖球从那里溜出去玩了；它不知道，糖球会不会跟小胖一样，从那里出去就不再回来。

糖球是一只猫，纯白色，肉肉的一大坨，是他在上班路上捡回来的。十一月天已变寒的时候，他听见路边有细细的叫声，翻开草丛里的鞋盒，就发现了缩成一团比巴掌大不了多少的糖球。糖球被捡回来的时候有点儿脏，他不敢给它洗澡，铺了厚厚的棉絮和绒布的鞋盒，这成了它的新窝，装了羊奶去了针头的注射器是他给它喂食的工具。

小胖是一只仓鼠，最普通的三线，和善亲人不闹腾，从它的豪宅笼子里出来放风的时候都有八哥在旁监管，放风的区域是客厅里的那一大片空地，他会在地上撒几粒小木块、一颗红枣和少量鼠粮。小胖就在这片区域里开始它的寻宝之旅，一旦偏离航线想要钻到柜子沙发下，八哥就会尽责地叼起它，放到红枣或者粮食边儿上，甚至会把小胖放进自己的狗粮盆子里，这种情况只有一次，因为它在自己的饭盆里发现了毫无道德心的小胖遗留下的便便。小胖不怕八哥，八哥不伤害小胖，它们的温馨时光，直到糖球到来。

　　糖球到来的时候，小胖儿已经在这里生活了三年有余。在糖球还没能自由行动之前的某天早晨，被发现窝在它的豪华大宅的食盒内一动不动，再也没醒过来。在此后的很长一段时间里，八哥在周末午后，趴在穿窗而入的阳光下一动不动，似乎在等那个扁趴趴、窜来窜去的肉球。

　　他很好奇八哥为什么会那么博爱，从小胖的阴影里走出来之后，开始关照糖球，一狗一猫吃睡都在一起。

糖球小时候，总钻在八哥肚子底下睡觉，八哥盘成一圈刚好把糖球包起来，从这一点来看，八哥是绝对的暖男。

再大一点，八哥出门都会带着糖球，糖球不像别的猫咪那样不爱出门，也不像别的猫咪那样一出门就撒欢到找不到影子。糖球的活动范围只在八哥周围一米，走累了不想动就会跳到八哥背上，像一只猫骑士。跟八哥不同的是，它拒绝任何其他人的抚摸，只要有陌生人靠近就会弓起背喵喵地叫个不停。每当这个时候，八哥就会小碎步跑起来，远离靠过来的人。它们真是相亲相爱的一对儿。

再后来，糖球死了。不知道是出门吃到了不该吃的东西，还是其他什么原因，上午还活蹦乱跳的糖球跳上窗台后，突然就倒在了那里，他发现不对劲儿的时候，它已经发硬了。

"八哥，糖球走了，死了，不回来了。"八哥抬起头，湿润润的清澈的大眼睛呆呆的，含着哀伤。他知道它明白了，它很聪明，恐怕他把僵了的糖球抱出门埋了再没带回来的时候，它就知道了。它什么都知道，它只是在怀念，不舍它和它们的相互陪伴。

"八哥，不要怕，我还在。咱们在一起。"他把八哥抱了起来，团在怀里。它轻轻地呜咽着，在他怀里把头埋得更深。他轻轻抚摸着它，安慰它，也安慰他自己，甚至在想，要不要再养另外的糖球或者小胖，毕竟他不可能一直待在家里，而寂寞的它总要有谁来陪伴。

因为有情，所以记忆。不管流逝过多少时光，记忆总伴着感情深深珍藏。就算老去，记忆不复清晰，它依然在那里，不离、不弃、不肯忘却。多少忘却了的事，不是真正的不见了，只是藏进了记忆深处，深到连记忆本身，都忘了把最珍贵的它藏在了哪里。

当记忆荒芜，那还能剩下什么？

【时针舞步】

温水扬起的弧度

　　若无特殊需要，你不会去地图上寻找这里；若无人特意提及，这里就是不存在的存在。连时间到这里都会放轻脚步，你无意写它的名字，却能抚摸出它的笔墨深浅——家。

　　当初阳给窗外的绿叶镶上浅金的裙边时，你在印着过时花色的床单上醒来。拖鞋和宽松的家居服已经在等你，漱口水里钻进刚做好的早餐的味道。楼上楼下的脚步声用一种神秘又默契的暗号问好，附近的菜市场里熟悉的喧闹从蔬菜鲜嫩的表面反弹到行人的脚边。街道都认识你，绝不会把你导向未知的方向，而到处走的小贩也与你有无声地约定。

　　这是你成长的地方，这里没有惊喜。

当科罗拉多大峡谷架起宏伟的空中走廊时，这里楼层低矮的老房子懒洋洋地跟陈旧的灰尘一起呼吸；当维也纳的金色大厅里奏响让数万人心潮起伏的华丽乐章时，这里皱纹绕眼的老奶奶还在讲着没人愿意听的久远琐事；当豪华影院里上映年度科幻大片时，你旧床底的老玩具和旧课本还在无人打扰地安眠。

若无特殊需要，你不会去地图上寻找这里；若无人特意提及，这里就是不存在的存在。连时间到这里都会放轻脚步，你无意写它的名字，却能抚摸出它的笔墨深浅。

家。

无论任何风雨，关好门窗，这里是最安全的所在。不需要面对一切纷争，这里只是你的国。在独自的空间里，放肆地四仰八叉摊开在椅子上，再不必顾忌周围人奇异的目光，也不用怕损坏了在他人面前刻意保持的绅士风度 or 淑女风范。你就是你，你的国里，你就是主宰，你就是一切。

一觉睡到小时候，仿佛时光倒流，没有成长的烦恼，没有职场的争斗，满床都是最为钟爱的毛绒玩具，每一个都睁着圆溜溜的大眼睛满含笑意地看着你，等着你清醒过来，一起做游戏过家家，享受着没心没肺的欢乐。

这里有你的一切，曾经的、现在的、将来的，这里愿意包含你的一切，不论好坏、不分是非。这里对你来说是熟悉的，每一件物品都出自你的心愿，按你的想法摆放。你知道它们为什么来，也决定着它们去留的命运。它们也是陌生的，它们是你最熟悉的陌生人，触摸着它们，也许它们有思想，你不知道它们在想什么；也许，你从未想过它们是什么。

不需要留恋，只要心不在，哪里都是暂停的客栈。关上门，就关上了整个世界，远离人群，摒弃时与光的流逝，刹那或是永恒。

无亮色，却从不离眼；无锐声，却从不漏一言。

微雨，又是另一段旅程。

不需加冕的时光

所有的美好都不是凭空而来，它就在那里不移不动。
它不动，只是需要你主动走近它。

晨起，阳光柔和，空气清新，跟着老爷子出门遛鸟，
道路两边的垂杨柳都分外碧绿。

公园内的某处，是喜爱遛鸟的老爷子们的根据地，
离着老远就听见各种小鸟叽叽喳喳欢快的叫声。在老爷
子们的指点下，你认出了小云雀、小黄鹂、小鹦鹉，还
见到了一只会仰着脖子抑扬顿挫地逢人就叫"恭喜发财"
的小八哥。其间活泼的灵性让你赞叹不已。这些个巴掌
大的小鸟儿，是大爷们的心头肉，谁要敢没轻没重地调

戏笼子里的鸟，可别怪大爷们的拐杖不认人。鸟笼子里普遍会有两只指头肚大的大口小瓷罐子，一只装水，一只装粮食。这些小东西们生活得可精致着呢，个个都是养在笼子里的宝，大爷们每一天心情的好坏，就从这一趟遛鸟开始。

旁边，两个遛鸟的大爷借着公园里的石桌、石墩子下起了象棋，都是经过一番思索才走一步，急性子的可千万别上去围观。只要围观了就忍不住地催促，加上指手画脚。大爷们下棋看的不是结果，要的是个过程，敢过来捣乱，横你几眼表示对你的不欢迎，再不识相可要被撵走了。

羡慕了吧，如此悠闲安然的生活。每一叶草，每一缕风，都成了人生的享受。

所有的美好都不是凭空而来，它就在那里不移不动，它不动，只是需要你主动走近它。路在哪里？哦，那就要看你自己的了，自己的路怎么走，谁能给你准确的答案？

从出生之初，你就站在路上，在懵懂无知的孩童时期，你就在前进，走着你自己的路。那时的你不孤独，很多照顾你的人、为你负责的人会明确指给你路的方向。你不需要思考来路去处，也没有思考的能力，只需要按着他们的指点一步步成长、等待——等待自己的思想形成，等待自己的想法出现，等待有一天拥有给自己设定目标的能力。

当你开始给自己设定目标的时候，那你就有选择自己道路的能力了。

美好是可以欣赏的，可以收藏的，但是不需要太多的羡慕。每一个人都拥有美好的能力，那么，你也有。每一种美好，都会在恰当的时间悄然出现在它该出现的地方。或许是张家大爷拎着的鸟笼里，或者是李家大妈跳集体舞锻炼什么时用的扇子上，或许是在某家医院产房里发出第一声啼哭的婴儿身上。

你看，有这么多美好！如果张大爷李大妈的美好还没降临到你身上，只是时机未到。在你还未步入老年的行列，不到颐养天年的年纪，脚下走的路还不够长，不足以达到老年人的悠闲地步。

当你健步如飞已经顺着公园里假山边的卵石路绕足一圈的时候，突然发现跟你同时起步的大爷慢慢悠悠刚刚走了一半，你在羡慕他的悠闲，看不到他心里的感叹：想当年我年轻的时候，嘿，肯定比你走得快。没错，他在羡慕你的年轻活力和健步如飞。

时光，拥有一切幸福的权利。时光是所有一切的王，给予一切绝对的公平。生活的时候，别忘了真正的王就在你身边，记录着你的人生。

在你羡慕别人的同时，别人也在羡慕你。不要说你两手空空什么都没有，其实拥有了自己，就拥有了很多的独一无二。不用多说，你就是这个世界的独一无二，无从复制和再生。

用你已经拥有的独立思想，想清楚什么才是你的美好幸福，路就在自己脚下，别停下，走起来吧！

时光不散

时光之外，星光之内，宁静致远。

水一样的人生，有清澈，有浑浊，清澈时一眼见底晶莹欢快，浑浊时包含万物甜苦自知。远望天边，闭目深深吸一口，湿润的气息里，似有家乡的味道。心底泛起湿润的回忆，清新且柔和地愈合干枯的皴裂。

时间默默渐逝，过去被时间的旅程抛弃，越来越远，最后化成一个黑点消失在记忆的尽头。忘记了吗？不，不，没有忘记，它只是被你藏起来了，藏在你也不知道的地方。你想问我是怎么知道的？哦，我跟你一样，也有这样一些记忆，我知道它存在，只是不知道它存在哪里罢了。

光阴不曾停留，记忆中的一些东西早已失去音信。闲看天边云卷云舒、云聚云散，人生亦如此。多少人从生命中走过，有些依旧停留，有些只留下背影，更多的人擦身而过，恍若未觉。风起，云散，各自飘过各自的轨迹；风落，云聚，已经不是当初那一朵云。

理想很丰满，现实很骨感。当骨感对上丰满，除了无力，所能做的就是不断汲取能量，一点一滴把现实的骨架填上血肉，让理想在现实身上复现。诚然，不是所有付出都有回报，不是所有努力都能美梦成真，到了最后的终点，或许理想不能复现，但起码，我们不是孤零零的骨架，还有血肉包裹和温暖自己。

人生如风，生活如风，吹散了多少浮云，吹落了多少春花秋叶。亲密的朋友，在行路中失散，向着各自的方向越走越远。细数那些或浓或淡的身影，他们是谁，他们在哪里？不知，不知！渐行渐远的路上，一切都淡了，忘了。回忆种种，似是而非。周庄梦蝶，蝶化周庄，其间的奥妙，谁能看透？

夕阳、落叶、枯草，掩映着逝去和眷恋，远去的人哪，你们何时回归？远方的路上，你们登高临风俯视，抑或涉步泥塘，步履蹒跚？无妨、无妨，高处不胜寒，总有避风取暖的一天；涉过泥塘前面就是炊烟人家。山重水复疑无路，柳暗花明之后，谁知会是怎样的天地？

只有故乡，只有家，无论多远，穿透层层时光，依然能看见屋顶袅袅炊烟，田间青麦吐穗，鸡鸭踱步。

时光不散，离人有聚。前路还有什么需要畏惧呢？